明日的茄苳老師

李潼◎文

就是關心你

陳素宜
（兒童文學金鼎獎作家）

你或許聽過或是唱過由他寫詞的歌曲，像是〈廟會〉、〈月琴〉還有〈散場電影〉；你應該看過他創作的故事，像是《水柳村的抱抱樹》、《少年噶瑪蘭》、《再見天人菊》……你一定熟悉李潼先生真心誠懇的關懷，和風趣幽默的筆調。我想告訴你的是：這一本《明日的茄冬老師》，有他一貫的風格，還有創新的形式。

十四個故事，以尋人啟事的方式呈現。尋人啟事？是誰不見了？是誰在找他？發生什麼事情了？最後，有沒有找到人呢？這樣子的設計，應該會勾起你的好奇心，激發想要追根究柢的態度，按部就班的看下去喔。

故事的開始，你會發現被尋找的人，他的姓名、性別、年齡和特徵，還有分手的時間和地點，清清楚楚、明明白白的張貼出來，你打算協助尋找這個人，開始閱讀故事的時候，你會發現你就是那個人，那個被尋找的人！這就是李潼先生厲害的地方了。他採用第二人稱的寫法，把你帶進故事裡面，你更能感受到故事主角面臨困境的心情，想要解決問題的思緒，和那個尋找你的人——李潼先生對你的關懷。

是的，李潼先生的關懷。十四個故事裡，他要尋找的人十三篇裡是十歲到十七歲之間的少年仔，最多的是十三到十五歲的少男少女，另外一篇他要找的是一個大家族，八歲到七十八歲都有。你看，他確實是少年人的好朋友啊！再來看看他跟這些少年朋友分手的地方，從新竹的尖石、宜蘭的礁溪和南澳、花蓮的砂婆礑和光復外役監還有磯崎海濱、屏東的霧臺神山部落、臺中的潭子到臺北市，再到金門、鎮江、上海。從高山到海邊；從鄉村到都市；從本島到海外，李潼先生關心處處的少年人哪！

翻開這本書的你，現在幾歲了？你要是住在山上的部落，學校裡的老師來來去去，從不久留，要怎樣建立感情，學習課本外更多的事情？你要是擔心部落裡的重要工作沒有人承擔，有心想要從事這個工作，卻因為成績未達標準無法受訓，會不會氣餒？還是你乾脆不管也不想，大聲唱歌就好？你要是住在大城市裡，車水馬龍、人來人往，突然遇到意料之外的事情，可能傷害生命，你會覺得交給大人處理就好？還是想盡辦法一起解決？你要是遇到熟人之間不可理喻的事情，你是聽天由命？還是據理力爭？哎呀呀，我想要問的是：翻開這本書的你，最關心什麼事情？

如果你正屬於十到十七歲的年齡，來看看這些夥伴們的心事吧；如果這段日子對你來說，已經是遠颺的青春，那麼來看看作者怎樣跟少年人交心吧；又如果你是十歲前的小朋友，那就來看看哥哥姊姊酸酸甜甜、帶笑帶淚的生活吧！不管你的年歲是多少，我都鼓勵你來看《明日的茄冬老師》，因為李潼先生就是關心你，祝福你！

還有一件事情必須跟你說，全心全意努力寫作的李潼先生，在二〇〇四年因病過世，留下膾炙人口的民歌、精采絕倫的兒童文學作品之外，還有散文、小說和文學評論等著作。當你想念這位少年人的好朋友時，就翻開他的書來看吧，臺灣少年小說第一人的李潼先生，絕對不會讓你失望的！

尋覓和祝願

李潼

不時在報紙的分類廣告欄，發現一些尋人啟事，每一則簡短啟事，都透露著綿長而曲折的心事：不明失蹤、負氣離家、緣盡分手或不告而別……牽繫著失蹤和尋覓兩者間的：多半是無盡的思念，儘管也有些啟事難掩怨責、恐嚇乃至忿恨，這何嘗不是另一種掛記？

在街角圍牆、社區大門或校門的電線桿張貼的尋人啟事，顯示了失蹤者與此地的地緣關係，更讓人凝神、注目且張望，生怕錯失了與被尋者擦肩而過的契機。

有時也會看見找尋寵物的尋貓啟事、尋狗啟事，主人親筆撰寫所使用的詞語，明明白白是失去家中一員；而且是最愛一員的焦急，「懇求仁人君子」的告白，令人動容。

在急險彎路口、大橋頭或坡道豎立的告示牌，常是抓拿車禍肇事潛逃者的通告，時間、地點和遇難者的黑白照片，無一不是血淋淋。遇難者家屬的公開控訴，與其說是對肇禍潛逃者的嚴重譴責，其實是對慘遭災禍的遇難者最深沉的惋惜與懷念。

從一九九六年以來，出現在臺灣各地車站、便利商店、商品附帶廣告或電視插播廣告時的「尋找失蹤兒」，數量之多、失蹤時間之久、以及幼童笑靨之可愛，都讓人心驚與心痛。那些姓名、年齡、性別、特徵和失蹤時間與地點的基本資料，留下的是言說不盡的空白，是說到無從說的寵愛、驚懼、惦念和求告。

失蹤的形式如此多樣，於是也包含久年不見、失去音訊和不便聯絡的另類失蹤。一方的掛記若偶上心頭或常駐思惟，儘管不標記尋人啟事，何嘗不也是另一種尋覓？而它綿長與曲折的過程，絲毫不遜公告的啟事。

生離與死別，記憶和遺忘，尋覓和祝願，緊扣著人生的各個環節，教人無從迴避，無所遁隱。

那就挺身向前吧，讓所有的因緣巧合去引發。敬死是為惜生；忘怨是以記恩，支持尋覓過程的唯有溫煦的祝願。

需要奔走尋覓的人與事，必然存在困難重重，心念的堅持固然顯現生命的某種熱切，相對也是一種束縛，追蹤一個人、求全一件事，在這樣的掙扎裡最易受傷，受二度傷害。

真正能為它鬆綁的，當然不是勉強遺忘，不是頹然放棄；而是在創造機會同時順從巧合的因緣，在尋覓的過程制止遺憾再生，若能鼓舞相同遭遇的他人，常懷希望的安心生活，其實也讓自己超脫了懸念的折磨。

仍然要尋覓，不論以任何形式失蹤的人與事。

祝願失者復得；祝願險浪平安；祝願善心者都能如願。

推薦序 就是關心你 ◎陳素宜 6
自序 尋覓和祝願 ◎李潼 10
煙聲山谷的蝴蝶雲 17
明日的茄苳老師 35
月光天井的回音 52
神氣十足八家將 68
升火 87

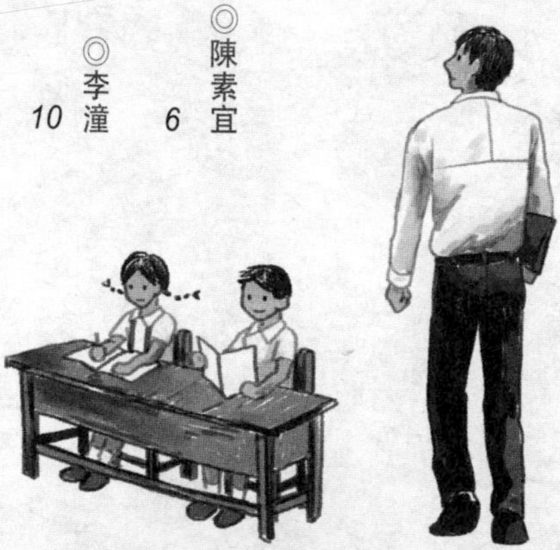

目錄

HLOO一三六——不要說再見 103
山海園的小管家 119
馬拉松健將的後裔 133
紙鳶與稻草人 151
金門瓊林子弟 163
女兒牆 177
南方澳的少年正雄 193
驚魂公車 209
電擊棒和滅火器 233

煙聲山谷的蝴蝶雲

尋人啟事

姓名：阿夏．鄔嫚

年齡：十五歲

性別：女

特徵：眉目清秀，高鼻，體型高眺，嗓音甜美，歌喉極佳。喜凝神聆聽，坐姿挺直。

分手時間及地點：一九九六年七月，新竹尖石鄉。

山谷兩岸的峭壁應當是直立的，因箝緊岩縫的青松爭相斜伸，松下有更奮力生長的黑檀木，和滿布谷底的長蕨筆筒樹群落，一片蒼綠掩映，才讓直立峭壁走了樣。

山中的兒女，你愛坐峭壁頂上的這塊平臺，還為這塊筏形的大理石取名為「聽煙石」。「聽煙石」下，有一株盛開的高山百合。

你時常這麼想：幸好有對岸的煙聲瀑布，常年豐沛，傾瀉而下，如一疋白緞、如一抹雲，沉落谷底卻悄然無聲；若不這樣，山壁的陡峭和深邃，還真難說得清楚。

「山壁陡峭；山壁險峻，與你何干？」我問。

「你不覺得這樣的山谷很特別嗎？」你說。

「山谷特別；山谷清幽，與你何干？」

你終於露出「我看不起你」的眼色，「你真不知我在這裡長大，這是我們米羅村的山谷？高興的時候、寂寞的時候、從山下傷心回來的時候，我們米羅村的人都可以來跟山谷說話；也可以坐在這塊石頭聽它說話。石頭就是這樣被我們坐平的。」

你說：「凡坐過必留下痕跡。」

「谷地幽邈，水無聲，風無聲，能聽見什麼？」我問。

「你不要一直問，用心聽，就能聽見。」

「既然所有心事都能在這裡訴說，也能在這裡用心聽到所有要聽的回應，這塊石頭該叫『告解石』。」我說。

「告解室是神父管的，當然不一樣。這裡是天管的、山谷管的、瀑布管的，米羅村的孩子都在這裡坐過。多少人？一千年來有多少人？」你說。

「只能坐著，不能站？」

你笑了，說：「你很誇張呢，站著的是要上祭臺的人，這裡是我們米羅村古時候的祭臺。」

我趕緊悄悄坐下。

就在這時，我們看見群蝶翩翩飛起。

我原以為是一朵雲，罕見的黃雲，以上下浮降、左右移動的怪異姿態，從山谷的深處飄來。

你說：「看見了吧，群飛的黃蝶，沒有一萬隻，至少八千隻，這還不算最多的。畢業後，有二十幾天溫書假，我回來山上，每天在這裡讀書。有一次看見一大朵蝴蝶雲，從煙聲瀑布底下的樹林慢慢飛上來，牠們發現我在用功，變成兩朵雲，飄到山谷中央，看我看了好久，一朵往左邊；一朵往右邊，一下子就不見了。」

「蝴蝶飛舞，一分為二，與你何干？」

「當然有。不久，牠們又回來了，變成三朵蝴蝶雲，嫩黃嫩黃的，兩朵浮在我前面，一朵飛在我背後，牠們把我團團圍住，看我在讀什麼？哦，好多好美的蝴蝶，牠們去通知朋友，說我回來了……你知道嗎？我好想哭。」你說。

「怎麼會呢？」

「就是會。牠們看我用功，幫我加油打氣，一下子來了幾萬隻；普通的正常人也會感動的，怎不會？」

你說：「牠們知道高中聯考的題目很難，比採蜜難太多，牠們說：『米羅村的孩子沒問題。』我到山下的國中讀書三年，我知道問題很大，可牠們對我有信心。」

「你聽見蝴蝶雲和你說話，那麼，山谷又說了些什麼？」

「煙聲山谷說：『站起來，不要坐這麼久。』山谷要我退後，動動手、動動腳，米羅的孩子最健康。」你說。

「你都聽山谷的了？」

「還有聽煙聲瀑布說的，說來唱歌吧，不要一直讀書，為什麼不讀瀑布的歌譜，唱山上的歌；唱山下學來的歌，米羅的孩子唱歌最好聽。」

「你聽了誰的？」我問。

「都聽，聽得比較多的是山谷和瀑布的。」

眼前這朵嫩黃的蝴蝶雲，就在峭壁直立的山谷間盤旋起來，飛成一朵螺旋雲，像一個鬆鬆酥酥的甜甜圈，特大號的甜甜圈。

轉瞬間，蝴蝶雲又化作一疋彩帶，浮動如海湧、如稻浪，彷彿排練多次，不需指揮，僅憑彼此的默契，也能變化流暢。

「你在這裡做運動，牠們會不會以為你在指揮？你對著瀑布唱歌，他們會以為你在發令？」

你說：「你不以為這是不禮貌的嗎？米羅村的孩子，誰敢指揮蝴蝶雲？誰敢命令山谷和瀑布做什麼？」

「我真對不起這麼好看的蝴蝶雲，牠們給我打氣加油，我還是考得糟透了。英文和數學只有一點點分數……請你不要問。作文分數只得十八分，怎會這樣呢？」

「『我欣賞藝文表演的經驗』，題目很簡單，我寫煙聲山谷的蝴蝶雲表演；寫瀑布的水花表演；寫五色鳥在山谷飛舞的表演；還有雨聲打在樹葉的音樂，這難道不是最自然的藝文表演？一定是我沒把它們寫好，閱卷老師不愛看。我們班，只有我沒考上。」

嫩黃的蝴蝶雲化作一架飛機，有兩片長長的機翼和高翹的尾翼，滑翔過煙聲瀑布的頂端，朝著我們同坐的「聽煙石」飛過來了。

蝴蝶雲飛機愈飛愈快。你看見機翼尾端，一隻落單的黃蝶，小小的，奮力的追趕。你告訴我：「啊！牠怎麼脫隊呢？牠怎麼追不上呢？」你起身站立。

蝴蝶雲飛機從我們頭頂飛過，蝶衣拂出螺旋風，吹得「聽煙石」下的岩壁青松也晃動。那隻落單的黃蝶，給機翼噴出的氣流阻止，停在山谷中央，搖晃的飛舞；這回竟給峭壁反彈的旋風吹著了，在半空翻了幾圈，退去好遠。

你驚呼一聲：「碰到瀑布就完了，牠的翅膀不能沾溼！」後退的黃蝶，忽然順勢飛起，一飛衝天，直飛到煙聲瀑布的頂端。

「要加油，不要害怕，飛過來，飛過來……」你向落單的黃蝶招手，既發令又指揮，急切切，連腳尖也踮起來。

這塊曾充當祭臺的「聽煙石」，是否曾有一位米羅村的女巫在遠年的某月某日，因瘟疫來臨、因終年的乾旱、或米羅孩子神祕的集體失蹤，來此對著枯黃的山谷、乾涸的瀑布既發令又指揮；既懇求又祝禱？

落單的小黃蝶飛來了，飛得倉皇；但沒飛錯方向，牠努力振動蝶衣，飛出一個翩翩的姿態，來到我們面前。

這隻小黃蝶可真聽你的話，牠果真不害怕，竟在「聽煙石」的崖端，找到那株盛開的高山百合。

白色的喇叭百合，黃蕊花蜜豐滿，牠翩翩停棲下去。你重重的舒了一口氣：「遲到的傻蝴蝶，還有花蜜可採，這不會有點不公平嗎？」

你蹲下來，欣賞小黃蝶。

黃蝶輕展蝶衣，好似氣喘吁吁。牠落後在蝴蝶雲之外，苦苦追趕，受了些驚嚇，當牠回過神來，乍見這一株盛開百合，在尷尬中有了驚喜，所幸就這麼落腳歇息，順帶採一點花蜜，算是意外所得，也可補充體力。

畢竟牠是群聚的蝴蝶，牠仍得去追尋那朵蝴蝶雲。

「高中聯考失敗後，你還有什麼打算？」

「每次在山下傷心，就一直想回煙聲山谷，」你說：「我知道『凡走過的必留下痕跡』，但我在山下走過的是傷心的回憶，一直想回來『聽煙石』坐一坐，坐出另一個痕跡。你在笑我嗎？」

你看著那隻輕展蝶衣細細採蜜的黃蝶。

我沒笑，是你自己笑了。

「不再下山了？」我問。

你點頭：「要的，總要下山多學一點東西，才回來。我想再考聖母護理學校，以後回米羅村衛生所當護士。你知道嗎？平地的護士小姐來我們這裡，都一年半年就走了，醫生也是這樣，我們還是要靠自己。」

「你看見挪威來的潔西媽媽？修女，在我們米羅村三十多年，也老了，時常想起故鄉。誰都會想故鄉，對不對？要是我能考上聖母護理學校，學會了，我們米羅村衛生所就有一個最少留三十年的護士。」

「什麼時候決定的？」我問。

「不是某一個時候，是從收到高中聯考成績單的時候開始；在我聽山谷說話的時候；在瀑布對我說話的時候；在蝴蝶雲飛來的時候；」

你說：「還有看見這隻蝴蝶落後了還努力飛，留下來採蜜的時候。」

「真正決定了？」我問。

「在『聽煙石』上請不要說懷疑的話，你知道嗎？說過的必留下痕跡，特別是心裡的話。」

飽食了百合花蜜的小黃蝶，在這時飛起來，牠揮舞的蝶衣輕巧，是因為有力。牠毫不遲疑的飛越我們的頭頂，向著蝴蝶雲飄走的方向，翩翩飛去。

在煙聲山谷的巧遇，別後，我們都願有另一次未經安排的聚會，好讓彼此的問答都不刻意，都沒有負擔，就像聆聽山谷的煙聲，就像與瀑布和蝴蝶雲的對話。

這則尋人啟事不太自然，是的，這裡有忍不住的掛念，真想知道：

米羅村的山谷仍是那般幽靜？

那道瀑布仍是傾落谷底無聲？

煙聲山谷的蝴蝶雲又變化過幾些樣態？

那塊「凡坐過必留下痕跡」的「聽煙石」，在瑞柏颱風過後仍安然無恙？它承載米羅村人千百年的種種心事，會不會由粗礪、平滑到凹陷？

還有，你如願考上聖母護理學校了嗎？你那不容懷疑的決定，依舊不容懷疑？

也許你要笑說，不要為小事掛念；但人們所記掛，不都是小事？大事，只有憂煩以及克制。

我還要說，能有一座山谷、一道瀑布和一朵蝴蝶雲可傾吐或傾聽的人，是令人羨慕的。

明日的茄苳老師

尋人啟事

姓名：潘金勇
性別：男
年齡：十三歲
特徵：咬唇、抿嘴、聆聽，眼睛黑亮，性格倔強，口頭禪「怕了吧」。聲音宏亮，歌聲十分悅耳，左手臂特別粗壯。
分手時間及地點：一九九七年二月，宜蘭南澳。

火車離站時，你們向月臺默默揮手。

你背起四歲的小弟，走過曲折蜿蜒的蘇花公路，又回到學校。

走一趟來回六公里的路，腿不痠；但被陳老師丟擲的石頭擊中的右腳背，還隱隱作痛。你將小弟舉上茄苳樹，樹上的五位同學合力抓住他，把他帶上斜張成雙臂的枝枒。

你靠在矮胖的老茄苳樹，蹺腳、拔鞋，輕柔腳背。

樹上的小弟探問你：「哥，腳痛？老師為什麼丟石頭，丟我們？」

「你坐好。」

校園整地填高，三人環抱不起的高壯老茄苳樹，突然矮了半截；而枝葉一樣旺茂，位置絲毫沒變，只是像個打了一把大傘的胖小子，有點可愛過頭的好笑。

這樣也好，變矮的老茄苳更方便你們攀爬，敢從樹上咻的跳下的人，忽然增加不少。

樹上的五位男女同學說：「陳老師說過不要送，是我們不守信用。」

「他怕自己會哭出來，因為我們對他太好。」

「陳老師對我們才好啦，這樣的代課老師怎麼才半年就要去當兵？」

「鐵軌上有那麼多石頭，他為什麼不撿小顆一點的？」

「是我們一直要送，他才會這樣的啦。他捨不得離開我們，怕看見我們哭，他在當兵就不能勇敢，不能平安，你知道嗎？」

「我們也不是每一個老師都送。那些罵我們又懶、又笨的老師、主任和校長，我們根本就不理他們。他們是無情的白浪老師，他們說運氣不好、很倒楣才分到我們學校，奇怪了，又不是我們強迫他來，一直罵我們！」

「怎麼好老師都會被強迫調走，又調來一些第一天就想走的人？我們部落有什麼不好，有傳染病嗎？有強盜嗎？有大蟒蛇嗎？有鬼嗎？有大水災嗎？有大塞車嗎？為什麼四升五的暑假，老師、主任和校長七個人都跑了，偷偷的跑，我們有不愛他們嗎？」

樹上的小弟又問你：「哥，腳痛？」

你說：「只有茄苳樹不走。」

樹上的男女同學聽了大笑。

幾乎在每年初夏，都要送別幾位老師轉調城鎮的學校，然後從此不見。身為六年級的大哥哥，對於這情景經驗豐富，應當習慣成自然了；但你對小四升小五那年暑假返校日的情景，還是覺得奇怪。

同學們貼著玻璃窗，看見收拾一空的導師辦公室，和門窗緊閉的校長室，想不通這手法俐落的集體大撤退，到底哪裡出了問題？是誰犯了什麼錯？所以才讓所有老師不告而別。

有些低年級的弟妹和高年級女生哭了。你想不通、你難過；但不哭。你帶著同學爬上這棵可以看見太平洋也能看見中央山脈的茄苳樹，你們坐在老樹上，有一句沒一句的開會。

「一直罵我們部落的人不好，不過還是我們的老師。客人要走，也會說一聲吧？」

「老師不要對我們太好，我們也不要對老師太好，離開的時候就會很正常，不會難過的啦。」

「城市的學校比較大，城市比較好玩。看電影、打保齡球、買東西，還有補習班比較多，汽車也比較多，老師要去考主任比較快。」

「城市的帥哥美女多，談戀愛也比較快，我說得對不對？我們泰雅族的老師都不要在部落教我們，漢族的老師怎要留下來？」

「我們二年級的老師就是泰雅族的人，怎沒有？」

「那是什麼老師？最看不起我們的就是那個老師，罵我爸爸喝酒、罵我媽媽不存錢、罵我叔叔沒工作、罵我爺爺迷信、罵我們家的狗跑來學校……」

對一兩年就要走的老師冷淡，離別的時候，心情會好過些。但是，將這樣天天見面的老師當陌生的客人，不也更難過？你曾經這樣想過，也試著做過。

當你想到派出所的警察叔叔在部落也只有一兩年，在山腰開挖土機採白雲石的大哥哥也換來換去，開雜貨車來部落的小販久久才來一次，那些來瀑布旅遊的大姐姐多數只見一面，就連家裡的那條黑狗庫洛也只養了一年半就不見；但他們多麼有趣、多麼肯助人，他們的笑語和熱心，絲毫不輸給另一些天天見面，而且還要相處很久很久的人。

能說預見離別，就不珍惜相聚嗎？能說為了避免分手的悲傷，就先把自己冷凍起來，冷得像一支拒絕融化的冰棒？

你嘗試著不理睬那些不久就要離開的老師、主任和校長，不想跟他們講話；也不想聽他們說話，還叫同學「少理他們」。沒想到同學和同學變得很討厭，老師也變得更討厭，學校裡的快樂、悲傷和一些讓人生氣的事不見了，變成一個冷冰冰的討厭學校。

多沒意思！

照樣有不甘願來部落的老師抱怨，氣嘟嘟的罵人髒、懶、笨和迷信；但照樣有快樂的老師笑咪咪的讚美，說你們健康、勇敢、漂亮，而且歌聲一級棒。在你們不再對任何來來去去的「白浪老師」不理睬或討厭的時候，這情況還好些。

畢竟是六年級的大哥哥，你覺得自己長大不少，你和代課的陳老師特別談得來，特別聽懂他的話意。

雖然一開始就知道陳老師只代課半年，他將是一個消失最快的「白浪」；但他對你們好，你們對他更好。

陳老師的好，是真心的關切你們。

你們的好，是不欺生的接納他。

這棵變得矮胖的茄苳樹，也變成你們最喜歡的風雨教室，在這裡讀國文、算數學、做勞作、唱歌和「認識鄉土」，你們最喜歡的是談過去的心事和未來的願望。

陳老師承認他的學習成績不夠好，所以才只是一名代課老師；但他真正熱愛教育，愛心和耐心永遠不變，將來一定要考上教師甄選，將來要成為正式老師。

你們說了真心話，熱烈表達了對「白浪老師」的不滿，當然也洩漏了曾有的「冷凍戰術」祕密。

年輕的陳老師居然不驚訝也不生氣，說：「對，只有這棵茄苳樹不走，所有人，包括你們遲早都會走。你們很少遇到有愛心、耐心又停留比較久的茄苳老師，就算是運氣不好吧。但只要你們這一班，有人肯好好讀書，立志考上教師甄選；立志要回部落教書，我們的部落就有了茄苳老師，一年一個，十年十個，部落的孩子就有福了。」

陳老師說：「責怪白浪老師無情，不如自己培養茄苳老師。」

你說：「像陳老師這麼好的人，都考不上，我們考得上嗎？」

「我們都要加油呀！」

人的好，不在於相處的時間有多久；也不在於做了多少事，能處得久，做許多好事，當然好，有時在短暫的相處，在最苦惱的時候得到幫助；在最灰心的時候得到鼓勵，也會讓人感動，讓人懷念的。

不等陳老師租住在部落的房子清理乾淨，你們早已打聽到他將在學期結束的中午離開學校。

陳老師規定一個同學都不准送行。他說公路卡車多，危險；他的行李少，方便；一個人大步走，輕鬆。

默默離校的陳老師，以為你們遵守約定。他一個人走過依傍大濁水的蜿蜒公路，路過山坎，走下鐵軌，將行李換了另一肩背扛，才知道你們早在另一條坡路等候多時。

他一抬頭，看見你們，看你背著小弟。他扶著眼鏡，笑著，又好像要哭出來，直說：「回去，回去，跟你們說過不能來，都不聽，回去！」

你們像一群山羊奔下坡路，走上鐵軌。

「說真的，回去吧，老師知道了，」陳老師大步走，回頭說：「你們知道嗎？只有茄苳樹不走。你們再不回去，我要丟石頭了，說真的，我要丟石頭了……」

你們繼續跟隨，沒想到陳老師真的撿起鋪軌的礪石，向你們丟擲過來，一顆、兩顆、三顆。你背著小弟，閃跳不及，被第三顆石頭擊中了腳背。

刺痛的腳背，有一點瘀青，但傷得也不厲害。

趴在茄苳樹上的同學直覺不可思議：「陳老師丟得不準，怎會準準丟到你的腳？」

「你們有誰長大要當老師？」你問。

茄苳樹上只有沙沙的葉濤。小弟還是問你：「哥，腳痛？」

「你坐好。不痛了。」你說：「我們部落一定要有一些茄苳老師。」

「當老師要讀很多書，我們有這麼聰明嗎？阿勇，你自己敢嗎？」

「茄苳老師不能太聰明，太聰明的人會亂跑。茄苳老師要有很多愛心和耐心，我說錯了嗎？」阿勇說。

你說：「我說我敢，一定敢，怎麼樣，怕了吧？」

為你算一算，只要再過十年，只要一切順利，你就可以從大學畢業，只要你的願景不移，你生長的部落也將有位認真的茄苳老師。

明日的茄苳老師，這些年來，你的求學順利嗎？你的願景改變了嗎？我的想念化作祝福，祝你如願。

明日的茄苳老師

月光天井的回音

大雄寶殿

尋人啟事

姓名：釋開銓（俗名徐立冰）

性別：男

年齡：十五歲

特徵：面容清瘦，額頭飽滿寬廣，眼神靜定。立相端莊，雙手慣貼伏小腹，話語沉穩而輕細。

分手時間及地點：一九九七年一月，鎮江焦山。

一樹臘梅，緊依佛寺院牆，瘦細枝枒綻滿黃花，群花爭探黑瓦，瓦上是紛飛雪雨。

因有臘梅冷香飄過霜晶閃閃的半月池，梅香穿越「淨域」拱門，旋繞過千年銀杏，由禪房甬道浮游播散，直到石壁下的藏經樓停佇盤桓。於是，儘管給臘月霜雪凍嚇了腳步的信徒稀少，江中石島的古佛寺，在處處梅香裡不見寂寥，更顯祥和清靜。

我們在空蕩蕩的素膳堂用過午齋，再捧一杯滾熱淡茶助暖氣。江中石島多風，渡船迎風更凌厲，回程之前，且讓身手暖和些，好在甲板走動，多看一眼江煙朦朧的佛寺全景。我們就這樣坐看窗景。

半啟的格子窗外，大雄寶殿前的一方天井，是這佛寺最平坦而方正的空地。我們忽然又看見你，一位蒼白瘦細的少年沙彌，端一只海碗，縮肩穿行天井空地。你走得急促，單薄的海青飄飄，走過大雄寶殿，停住，又回頭。你踅回大殿正門前，將空空的海碗置放腳尖，你凝視大殿深處的佛陀，在雪雨紛飛中雙手合十。

我們快步走到迴廊，不敢驚動你，直等到你合十祝禱，心滿意足，才迎向前去。你又吃了一驚。

「阿彌陀佛，以為你們已過江回去了。」

「沒走。用過午膳了？」我說。

「用過了，把缽送回去。」

更早時刻，在大雄寶殿後的藏經樓，我們給梅香帶引，遊走到此。隱約聽見人聲在石壁和藏經樓間忽響忽靜，以為有人在某處誦唱經文；但又不聞木魚和銅磬伴唱。藏經樓漆彩斑駁的門牆厚實，古舊且高大，歷經千年光華風雨的木板紋理，縱橫如歲月河川，它們鐫刻日月輪迴，也把這不明來處的聲響吸收得忽亮忽暗。

我們找到一扇半掩的格子門，在門外，這回，聲音都清楚了。從側開的門縫，我們看見你挺身跪坐蒲團的背影，自天窗投射的一束晨光，照在你棗青的頭顱，居然也有光暈。端坐暗處的師父，似乎手持一支細竹編紮的長杖，他每一高聲訓誡，便以長杖拍地「嚓」的一聲助威，這懾人訓誡來過五、六句，又換柔聲教誨，長杖輕細點地。

我們不巧遇見，沒頭沒尾的聽著，也聽出了前因後果。這是你還俗前，向師父的告辭，師父再三挽留，而你還俗的意志已堅。師父論理、說情又吟詩；你跪坐蒲團接受斥責、鼓勵和杖打。

我們背貼厚實高大的門牆，驚駭莫名，彷彿是等在門外，即將輪番入內給這麼訓誡、教誨和杖打的少年沙彌。我們移步後退，急促而無聲的呼吸，背脊給門柱頂著，彷彿有人說：「別走，待會兒輪到你們！」

我們聽見師父說：「你既然無心，這『不二門』就讓你來去自由。天冷，吃過午膳再走。」師父終於邁步出門。

他從我們面前走過，竟也視若無睹，想來是動氣又傷身，無意多加理睬。

我們又等了片刻，不見你出來。

藏經樓裡外，寂靜無聲，若不是院牆那樹梅香傳送，我們更要升起不祥念頭：一位即將還俗的少年沙彌，臨走讓師父這頓震撼教育，會不會一時想不開，做出什麼怪事？

當我們快步走回那扇格子門，門扇大啟，你正好跨步出門，和我們撞了個滿懷，雙方都叫起來。

佛寺殿堂和寮房，一式的黃牆黑瓦，連通各寮房的曲徑也是一式的修竹幽深。我們尾隨你走過幾堵高牆和幾座井口，來到你居住了三年的寮房，幾乎已忘了方向。這佛寺道場的布局，依島型落置，可說是隨緣布局。

在你居住的寮房大廳，我們看到師父方才訓誡你所朗讀的那首詩，原來是出自鄭板橋手筆：

咬定青山不放鬆，立根原在破岩中，
千磨萬擊還堅勁，任爾東西南北風。

鄭板橋的筆法遒勁有力，自成一種風格。詩畫家的作品，若非應付求字應酬，多半有自勵和與有緣人共勉的意思。這幅字畫懸掛在他百年前寄居過的舊寮房，讓僧侶或俗眾迎面朗讀，是否也能兩樣處境，而又一種心情？

你和另三名少年沙彌同住在此，也是奇妙際遇。

「啥奇妙？另外的寮房還住過蘇東坡和米芾，你們臺灣的星雲法師來這裡學佛時，才十八歲，他也住過這寮房。」

身形高瘦的少年沙彌，口齒伶俐：「有人受戒了，還是守不住。同樣的吃齋禮佛，有人的心志是向外，給打罵了還留不住。」

這和你同寮房的少年沙彌，話中有話，意有所指，指的分明是你。

你取來一塊抹布，默默擦拭桌椅，擦拭凹凹凸凸的窗櫺。

「怕吃苦，當初就甭發心學佛，這麼進進退退就不嫌麻煩？」另一名少年沙彌也來幫腔。

你換取竹帚，到寮房外清掃，在那一叢修竹底下清掃落葉，使弄竹帚如揮毫，彷如柔中有勁的在雪雨濡溼的泥地，以大筆書寫一首〈心事〉的詩。

和你同寮的少年沙彌看得不耐，嘀嘀咕咕走了。我們在牆角找到兩把掃帚，也跟你在修竹下活動筋骨。

「星雲法師真在這裡學佛？」我問。

「去年剛回來過，講了話，也來看過寮房。」

「說他的出家因緣？」

「不，說他在這裡讀書，讀過《俱舍論》、《原始佛教》、《唯識學》。挺有意思的是：江邊一所師範學校因中日戰爭而撤離，留下一座圖書館，他沒事過江去看書，看《封神榜》、《七俠五義》、《三國志》、《水滸傳》、《紅樓夢》、《少年維特的煩惱》、《基度山恩仇記》，看得葷素夾雜，居然也看成了大師。咱們聽得有趣，師父倒嚇壞了。」

「沒說他剃度點痂的事？」我說。

「沒說，怎麼啦？」

「他的志開師父可嚴厲，在大雄寶殿剃度，香頭點痂用力按，額頭高燒一個月才退。頭骨凹陷了，喪失記憶，他每晚到大雄寶殿叩頭拜佛，在殿前的月光天井暗自哭訴……」

「沒說，有這種事？」

「敢問師父什麼因緣出家？又為什麼想還俗？」我問。

「你們都聽見了？就說我意志不堅吧，讓東西南北風一吹，心念飄蕩……十二歲那年，家人給我安排，就來了。哦，別叫我師父，我今天就要還俗。學佛可出家，也未必要出家，我自己有想法，要給自己走一條路，走一條自己安排、選擇的路。佛法不外人生，學佛的法門萬千，我想回俗世給自己個考驗，只不過辜負了師父一番好意。」

「還俗的勇氣更大。」我說。

「出家修行的毅力更不容易。師兄弟對我諒不諒解，我都無話可說。」

「人各有志，只要向上、向善，都應得到祝福和護持。」我說。

「阿彌陀佛。這半年來，每天深夜，師兄弟就寢後，我常在大雄寶殿打坐，獨自懺悔。有月光的晚上，就在殿前天井給自己的心念找出路，我還聽見回音。」

「這回音怎麼說？」

「就這麼決定了。」你堅定的說。

「行李都打包了？」

「都好了。對不起，把二位給撞傷。」少年沙彌說。

「沒事。行李多嗎？我們幫師父送到渡船頭。」

「沒幾樣東西。別又這麼叫我師父，等我換了俗衣，戴了帽，只希望別再走得顛顛簸簸。」你說。

「天冷，你得趕緊換裝，多添衣服，讓我們送你一程。一點整還有一班渡船，你還去哪裡向誰告辭？」我說。

「都告辭了。」

那天，該是因緣殊勝，才讓我們兩個遠道而來的陌生人，為還俗的少年沙彌送一趟船程。否則，在那江煙朦朧的渡船頭，你的師父和師兄弟們不來，這情景總不免有些寒涼。

那樹臘梅的冷香，給島岸的兩排白樺阻擋，飄不到渡口，飄不上江風凌厲的渡船。你毅然還俗的行動，不管是對幼童沙彌任人安排的一種反逆，或是三年的少年沙彌生涯的不領情，你在月光天井聆聽心念回音所做的選擇，都要受到尊重。

那只海碗送還師父，木魚和銅磬也隨江波逐漸遠離，你重返俗家的生活，又是另一種哀樂生活。這一路走去，想必還有更多酸甜苦辣要一一品嘗；有許多悲喜要用功精進去使力。

這三年的沙彌少年生涯，若有體會，也絕不浪費。我們這麼想。

在擺盪的渡船上，我們引頸看望江中石島的佛寺，依然不是它的全貌，就像凡人難以參透的佛法；也像常人不知的無常人生，因為佛法高深，所以需要學佛；因為人生廣闊，所以更要努力生活。

你雙手合十，說「感恩」，手指卻碰掉了鴨舌帽，又露出棗青的頭顱。我伸手一抓，將帽子抓回來，不讓它掉落江中。

這俗家的新帽，等你的頭髮長出來，總會逐日戴得合適。你改說「謝謝」，說得生疏，但願我們對還俗沙彌的生疏祝福，也是彼此都能領受。

別後，你好嗎？

神氣十足八家將

礁溪
協天廟

尋人啟事

姓名：仰雄、福彬、嘉成、昶平、野人、茂全、阿明、育輝

年齡：十五～十七歲

性別：男

特徵：身手矯健，精神抖擻，瘦，表情豐富，八人一隊同進同出。喜蹲坐牆角，愛說笑。

分手時間及地點：一九九八年十月五日，礁溪協天廟。

那天，協天廟沒什麼特別節慶，你們飾演的八家將跟醉酒濟公、散財童子的大神尪，帶領一遊覽車的進香團。來廟庭廣場舞弄，熱熱鬧鬧的演一場。

很不巧，那天接連出了兩個狀況，攪得你們賣力使出來的神氣，七零八落，實在很煞風景。

回想起這件事，你們的八家將還生氣？

你們在協天廟廣場排成八卦陣式，踩七星步，除了威風凜凜，還真有點恐怖。你們手持魚骨劍、七星球、狼牙棒、虎頭鍘、和叮叮噹噹的不銹鋼鐐銬，這一身行頭已夠嚇人，你們居然又用一塊黑、一塊白的油彩，抹在滿布青春痘的臉上，在發育未全的胸肌潑灑了疑似鮮血的紅朱膏。

這款形象，就算中元鬼節的化裝遊行，或萬聖節的搬神弄鬼隊伍，也會讓人不敢多看一眼，在這種凡常日子的光天化日，你們八個人也太肯犧牲了。

你們八家將在廟庭廣場現過神氣、展過威風，接受看熱鬧的觀眾大氣不敢喘一下的注目禮，其實可以見好就收，回卡車喝水休息去。誰知你們欲罷不能的直闖協天廟正殿，終於遇上脫線狀況。

染一頭金髮加紅瀏海的美少女，站在紅臉關公座前已有一些時間，她喃喃自語，念一句，舉香一次，香炷頭便升起一個像問號的煙圈。

她將心事帶來和關公分享，似乎鬱積了很久、很多，再不好好傾吐，就要碰一聲發火、爆炸。金髮美少女不輕易做這種心事告解，一旦做了，自然不容閒雜人來攪局，這應當是一般常識。

有個好心的信徒，看見你們八家將踏七星步，高舉各種獨門暗器走上石階，跨過門檻，直逼正殿……他急了，一迭聲輕喚那舉香吐露心事的美少女，說：「來了啦，那一群來了啦！」

美少女果然睨一眼，她惱火了，只差沒馬上發作。她的自白告解還沒告一段落，管誰來？這是她和關公的個別談話，誰來又怎麼？她不理！

協天廟正殿如此寬闊，你們八家將何必選定美少女早已站定的關公座前？你們擺不成八卦陣，只能以美少女為圓心，擺成半圓形。這陣仗顯然不成威赫，有損你們原有的神氣。難怪，舉香的美少女猛一回頭，看你們高舉各式傢伙，又雙眼忽睜忽闔的翻著，弓箭步踱地抖顫；她絲毫也看不上眼。這樣的處變不驚也算了，她居然嫌你們：

「這是做什麼？沒看人家在拜拜呢，要抖不會去外面抖，很煩耶。」

很煩？

你們總算遇上一個見過大陣仗的人；而且是個很不耐煩的女生。你們缺少這方面的心理準備，一時反應不來，竟愣住，眼也不翻、腳也不抖，連獨門暗器也放下。

你們也不想想：像她這種穿著打扮走在時代前端的美少女，誰沒參加過更恐怖的化裝晚會？至少她舉香的五彩指甲，你們在裝扮上都沒顧到，想嚇她？難怪被罵：「煩！」

據說，八家將一般說法是起源於五福王爺幕府專責捉邪驅鬼的八位將軍，這八位將軍亦是陰間神祇，擔任主神的隨扈。負責捉拿鬼怪妖邪，也有解運祈安、安宅鎮煞的功能。伴隨主神出巡的八名陰間神祇，是甘將軍、柳將軍、范將軍、謝將軍、春大神、夏大神、秋大神、冬大神。八家將的臉譜和扮相要恐怖些，使起身段才足夠威嚴。

八家將將一式排開的動作，威風凛凛，震懾人心，膽氣充沛的人若仔細看，卻能看出舞蹈的韻律美。你們演出的動作，儘管變化不多；但如此純熟流暢，顯然受過相當訓練，下過不少工夫。

看你們發育空間還很大的體形，猜想你們的年紀，頂多是求學中的國中生，怎有這時間和精神參加這種環島進香團的陣頭？

八家將趕場的露天表演，有進香團的基本觀眾，也很吸引其它香客佇足欣賞。這種引人注目的流動演出，你們肯定覺得刺激又好玩，像預期效果完全成功的化裝遊行。儘管不能以真面目示人，但該看的人都看到了；該害怕的人都驚嚇到了，何況還有賞金可領，何樂不為？

這麼說來，那個很不耐煩的美少女，既不凝神注目，又表現得那麼不在乎，實在很煞風景了。

真正煞風景的是緊接而來的狀況二。

你們八家將簡直遇上從天而降的超級煞星，沒嚇著誰，反被一群人馬團團圍住，其中包括你們的父母、管區員警、電視臺和報紙的攝影記者和文字記者。八家將配備的行頭固然恐怖；但他們光憑幾盞強烈照射燈，便照得你們一身功夫都破解！

你們父母的眼力，真不是普通的好，他們居然一眼識破一臉重墨濃彩，和一身鮮紅淋漓裝扮下的真實本尊；而且神準無比的抓住各家的失蹤少年，又隨即奪收了你們的兵器，甩出門檻外。他們一手緊抓看中的胳臂，以各自準備的大毛巾將你們臉上的油彩擦掉，大聲叫說：「找到啦，全都找到啦！」

不知你們父母的尋人計畫，費多少心，花多少工夫，但他們齊一而高效率的繳械動作，和「還我兒子真面目」的身手，顯然也訓練有素；至少不輸給你們八家將那些八卦陣和七星步的神靈活現、進退有序。

不知那一群新聞記者是誰找來的，也許是掌握確實情報的管區警員通告；也許是誰家父母苦心安排的「護持行動」之一，在眾目睽睽下，你們的團主領隊總不至於不放人吧。

當你們在強烈照射燈下現出原形，露出青春的臉龐，有位父親反倒驚聲尖叫：「未成年少年，不能拍正面啦。」

所有「喜獲麟兒」的父母，一時大亂，紛紛以五彩毛巾為你們遮面，護送你們跨過協天廟奇高的門檻，「腳抬高一點，不要怕，沒人敢再抓你們，不要怕。」

威猛的八家將，進廟才片刻工夫，怎就變得這樣含羞帶怯，像集體出閣的新娘子？廟庭廣場那些不知情者和消息靈通人士都感詫異，看不懂八家將和誰抓了誰。

敢是被關帝爺沖到？

敢是抓到什麼逃犯，怎連新聞記者也來？

「是誰使弄你們來舞這八家將，爸媽在，照實說沒關係。」

記者小姐、先生們要求就在廟簷下石階採訪，因這裡的新聞畫面說明性特好，空間寬敞，空氣也流通。

他們的第一個問題：「是誰找你們來扮八家將？」

你們八家將羞怯、猶豫，遲遲沒作答。

經再三詢問和再四鼓勵，你們八家將一位自告奮勇的「發言人」，終於開口了，怯生生說：「真的啦，沒人強迫我們，是我們自願的。」

「書不好好讀，講什麼憨話。自願？照實說，不要怕，是不是伏心宮那個坤叔使弄你們，抓你們來湊人頭。」

「自願的啦。我們有腳有手，誰會強迫我們？我們不想讀書，讀書不好玩。」

「服裝、道具由誰提供？」、「是誰訓練你們？」、「賞金怎麼抽分？」、「有沒有受到監禁？」、「有沒有人拿藥給你們吃？」、「有沒有受到處罰？」

搶新聞的記者總是七嘴八舌，你們的發言人說：「你們不要亂想亂講。只有一點零用錢，一場三百元。有吃運氣散。廟方有安排吃住。受傷都有擦藥。什麼訓練不苦？跟你講，我們這一隊的表演從來不漏氣。既然自願來，就要有榮譽感。恐怖什麼？有些大人不化裝，比我們更恐怖，他們又是什麼嘴臉？我們要走啦！」

他的五彩毛巾底下，七、八支麥克風碰碰撞撞。聽他自行發令解散記者招待會，有人竟要去掀他的五彩毛巾，讓他素面相見的說個清楚。

你們的父母急了，趕緊圍攏過來，加強防禦措施，索性將你們扮成蒙面俠，護送下階。

「你們還缺零用錢？一個月三千元還不夠你用，不夠也可以講。哎喲，怎麼會這樣？」

「還想去哪裡？我們自己開車來了，好好的車不坐，還想坐卡車去流浪？」

你們果然是一支訓練有素的八家將隊伍，在離開事發協天廟廣場前一刻，還想收拾被扔在門檻外的魚骨劍、七星球、狼牙棒、虎頭鍘和手銬腳鐐。

被接連兩個意外狀況破功的八家將，給控制行動，也被剝奪時間，甭想回頭清理善後；別想有始有終取回你們的獨門兵器。

不過，請你們放心，在你們被捉拿離廟後，人群才剛散去，身手矯健的坤叔三兩下就將它們收拾乾淨，送回卡車，並即刻發車起程，開往他想去的地方。

至於那個首先發難的美少女，你們還惦記著她吧？坦白說，你們不能將她看作引發意外的元凶，這兩個意外狀況沒有關聯，只是巧合。

你們想知道她目睹事故的反應？

烓）。

「怎麼會這樣？」她躲在門神尉遲恭身後說（手上還舉著那把香

她在廣場恢復平靜後，似乎問我也像問自己：「他們好像滿團結的，但幹麼一群帥哥扮成這種恐怖相，還自願去流浪？他們在學校裡很不受注意，功課不好，但也有一些才藝吧？我覺得他們好可愛——可憐沒人愛。他們怎會被我嚇到呢？」

我知道美少女說的「好可愛」，真的沒惡意，說到同情，可能也讓威武的你們八家將逆耳；不過，我還是覺得她只是不忍。希望你們下次不巧遇上她，別太激動就好。

八家將，那次別後，憑你們共享福、共患難和共榮辱的情誼，又怎麼看待個別的自己，又會結成什麼樣的團隊，去裝扮你們青春的生命？

好想念你們。

升火

尋人啟事

姓名：阿隆
年齡：十五歲
性別：男
特徵：身高一七〇公分，膚白，體型健壯，聲音低沉。
分手時間及地點：一九九八年十一月，花蓮砂婆礑。

你蹲在涼亭裡燒茶，為遠道的來客烹煮一壺帶有柴火味的麥仔茶。

你擺明不多看我們一眼，只顧生火。

新劈的相思柴枝，焰火忽燃忽熄。你專心看顧柴火，是羞澀或尷尬？

你穿著光鮮的白底鑲綠條運動夾克、黑長褲，中分的長髮梳理得極好，整體形象是九〇年代末臺灣的標準小帥哥。怎麼看，你和這座涼亭、柴火烹茶都格格不入。

稻草涼亭的梁柱取自檳榔樹幹，地板由廢棄的鐵軌枕木拼湊而成，涼亭四周的幾扇玻璃窗，也是某個舊屋拆卸後的資源回收，再度利用。

給煙火熏黑的茶壺，架在空心磚石灶上，再用老舊鐵皮圈圍住，擋風，擋住灰燼。

這是砂婆礑山腳下的一處露天石雕展示場，屬於光頭長鬚的素人石雕家所有。你是石雕家的么兒，在課餘派來起火燒茶的「工讀生」。

這處露天石雕展示場，除了那座隨興搭建的涼亭，還有一棟三合院農舍改裝的農具展示房間兼生活起居室，都散發樸素拙趣的古早味，一種復古、懷舊的氣息。

然而，這石雕場的整體氛圍，又隱含創新與復古、時潮與懷舊的衝突。石雕家光頭長鬚的形象，是古代「俠客」的典型；而他卻是活生生的現代人，近乎草率搭成的茶亭，難掩寒傖，卻又成了最正式的會客室。

石灶燒柴烹煮茶水的工作，交給一位習慣操作微波爐或遙控器的少年忙著；素人石雕家自得其樂的私人空間，成了不時有陌生訪客的公共場域。過時農具和老舊家具不再實用，成為一種展示品，最有趣的是：三合院外牆張貼著放大影印的新聞剪報，和石雕家接受有線電視訪問的紀錄。

石灶裡的柴火忽明忽滅，你以舊報紙搧風，卻搧出嗆人的白煙；於是你後退，伸長手臂握住相思柴枝，輕細的移動，希望移出更多空隙，引發火勢。

你的素人石雕家老爸笑呵呵為來客介紹他的石雕創作歷程，我們看你彷如持長竿釣魚，跳躍的、小小的火苗恰似在釣餌間若即若離的魚兒，稍一驚嚇就會逃逸無蹤，所以我們也沉住氣，學你專心看顧。

素人石雕家侃侃訴說五十歲以前的浪跡江湖，只顧自己「歡喜就好」的荒唐生涯。年過半百後，因身心疲乏、妻離子散，他避居到這再無退路的山腳，租下這幢廢棄的三合院和荒蕪的野地，開始以蠟筆畫畫，搬來河邊石頭敲鑿雕刻。

那些浪跡江湖的荒唐生活，都和酒色財氣沾上邊，具體事實不必我再重複，歸結起來就是「不負責任」：對他自己的生活不負責，對家庭、妻兒親友不負責，這「不負責任」又常被誤解為浪漫瀟灑、自由自在，讓人糊塗且嚮往。

你的素人石雕家老爸或許浪子回頭，但他述說得雲淡風輕，彷如沒事，反倒讓人驚恐，生怕這樣的瀟灑樣態裡，仍隱含多少不負責任。

你努力生火，灶裡的火苗漸紅，你趕緊加把勁的搧火，手掌裡的舊報紙急速晃動，晃動成一尾掙扎的魚。你用力太猛，反倒搧不出風，或可能將火苗搧熄；我蹲下來，要幫你一個小忙，你卻說：「不用了！我自己可以。」

原來，你的沉默埋藏許多忿怒。

你的素人石雕家老爸那樣雲淡風輕的侃侃而談，想必說過無數次。你在來客之前，在石灶的火苗前聽過無數回，每聽一回，心中的怒火也燃起一回。

擁有一個只顧自己「歡喜就好」的老爸，真傷腦筋，就像「只要我喜歡，有什麼不可以」的少年，教人頭痛。他們假設自己是生活在一人孤島，可以不對任何人在乎，不對任何人負責；但事實又不然。他們給予親友的憂慮，總是多過期待；他們為親人帶來的痛苦，往往多過歡愉；他們的索取多過分享，幻想多過操作，他們總將說大話和立大志混淆不清，他們的自我滿意永遠超過公評；而他們偏又不在乎的活在自己的幻境世界，讓人無可奈何。

素人石雕家的作品題材，環繞在頭像、親子圖和生之欲。他也作畫，多數的蠟筆畫，都以他五十年前童年回憶為題材：搖籃裡的嬰兒、母親懷中的襁褓、夏夜的流螢和童玩，他的畫作構圖，和美學原理都不相干，完全是隨興的自得其樂，卻自然流露親情的溫度和安詳的氛圍，令人莞爾，令人嚮往。

你突然將石灶裡給燒黑的柴枝一根根抽出來，猛力敲擊廢棄枕木，把好不容易燃起的火苗弄熄。

這多可惜！

灶上的那壺麥仔茶又要烹煮到何時？

「發黴的柴枝，要燒到什麼時候！」你自言自語，起立，轉身要走。

你的素人石雕家老爸問說：「怎麼了？」你大聲說：「你找的柴枝太溼，怎麼生火？我自己去找。」

你大步走出茶亭。

我跟上。

入秋的砂婆礑山腳，相思樹林裡透著一片金黃的綠光，乾酥落葉鋪成的地毯，散發宜人的香味。你在林間一路踢步走，踢起落葉，也揚起綠光中的濛濛塵埃。

你彎身拾取枯枝，說：「謝謝啦，你幫不了什麼忙。燒一壺茶用不了幾支柴，我隨便撿撿也可以生火。靠他砍來的柴，溼答答的只冒煙，怎麼生火？」你搖頭苦笑，笑得多麼老氣：「你看我老爸的作品怎樣？」

「他自己很滿意吧？」

你將枯枝在相思樹幹上砍成兩半，點頭，大笑：「他就是這樣。搭這樣的茶亭，刻這樣的石頭，過這樣的生活，以為每個人都會跟他一樣喜歡。誰來，他都要強迫客人喝滾熱的麥仔茶，還有，聽那些老故事。」

「你還有多少兄弟？」我問。

「都出去了，只有我還走不開。他不在家時，我們簡單生活，也過得去，至少不用幫他每天清點捐款箱；不用幫他去把那些新聞剪報放大影印；不用放著瓦斯爐不用去燒柴；不用天天搬石頭……」

「你老爸浪跡江湖的日子，你們真過得還好？」

「至少沒什麼不好。我們剛認識，你為什要問這麼多？」你說：「我要趕快去生火燒茶，要不然會挨罵。你們最好不要對他的作品提意見，要不然也會挨罵，我不騙你。」

素人石雕家堅持不為作品標價，因他的作品是無價的；他的露天石雕場不收門票，只放置捐款箱，因訪客的誠意不能勉強。他強調「頓悟人生」後的石雕創作養分來自樸素之心，卻禁不住要為乍來的名聲張揚；他說藝術創作無止境，全憑個人造化，所以無需外人多言。

我們撿拾的枯枝，多得足夠燒茶、燒一鍋飯和燒十道菜，外加一桶洗澡水。

茶亭內的人看得大笑，你的素人雕刻家老爸笑得特凶。我們捧抱滿滿一懷的枯枝，怕踢到散落草地的大小頭顱、親子圖和生之欲的石雕，於是走得曲折。

「他是很開朗的人，隨時都可以這樣笑。我十歲那年吧，南方澳大拜拜，我媽接了一攤生意，開一百公里車程去辦桌，你知道我媽是辦桌師傅？對，那次辦五十桌，光是鍋瓢碗盤和廚具就裝一卡車，我們兄弟姊妹都去幫忙搬東西、洗菜、端桌。你猜我們碰到誰？對，是他，不知從哪裡來，也來南方澳吃拜拜。他看見我們，也是這樣笑，笑得多開心。然後，對，宴席結束，他又不知到哪裡去了。」

你說：「你相不相信？有一種人，根本不適合結婚成家，因為他喜歡自由自在，習慣來無影、去無蹤，只顧他自己『歡喜就好』。」

你怎麼會是羞澀內向的少年？你的沉默和尷尬另有原因。其實，你不但健談，也的確有自己的見解，儘管這見解夾雜不少失望和不滿，失去父子親情的溫度，讓人暗吃一驚；但也難說偏激。

你「自得其樂」的老爸，半生的行蹤和作為只顧自己「歡喜就好」，他給你和家人帶來傷害和遺憾。但並非天下的父親都是這樣子，只是你的「運氣不好」，無可選擇的擁有這款的老爸。在不久的將來，八年或十年後，你卻可以選擇不同的行業，組成更穩定的家庭，當個不一樣的父親。

你老爸的人生志趣，別具風格，他的種種作為，離「大惡不赦」還遠著呢。寬容來看，他浪子回頭埋頭創作的後半人生，一定也有可愛之處。

忿怒之火太熾烈，當灼傷人心；傷悲之火常熏起嗆人煙霧，它們都不適合燃燒長久人生的柴薪。生火需要合適的火種、乾燥的燃料、空隙、時間、耐心、技巧和負責，人的生活也是這樣。

那天，我們沒來得及喝到那壺麥仔茶。

不知你自己撿來的那堆柴薪生起的火，還順利嗎？

HL〇〇一三六——
不要說再見

尋人啟事

姓名：HL○○一三六（代號）
年齡：十五歲（入獄前）
性別：男
特徵：身材高瘦，單眼皮，左眉梢有刀疤。有扳弄指頭習慣，手指扭曲。
分手時間及地點：一九九八年六月，花蓮光復外役監獄。

安排會客的獄方人員交代我們：不要詢問你的姓名、你的住址，需要拍照也請以遠距離並避開正面五官。他說你在其它監獄表現良好，也顯示了悔改的決心，才有機會移送到花蓮光復的這座外役監獄，在不設圍牆的農場勞動，享有和更多親屬及外賓會面的時間，作為出獄前的調適準備。

獄方人員為你做了周全的設想，避免讓你的私人資料和獄中形象成為永遠的犯罪紀錄，公諸在社會，成為你的人生烙印。他們的善意和用心，不僅代表個人專業，更代表我們社會的一份期許。

即使學校、軍營、工廠或機關單位都難得沒有高聳的圍牆，甚至如住家、農舍、田莊或公園也不乏以圍牆自限或隔開裡外，但你暫住的花蓮光復外役監獄，居然門戶洞開，毫不設防。

整座監獄座落在蒼綠的花東縱谷上，像個寬廣的農場別墅區。紅瓦白牆的房舍，錯落有致，我的文友們禁不住讚嘆：「還有比這裡更適合趕稿的所在？」

若說它是座供外賓參觀的樣版監獄，這作風未免太大膽，太過顛覆監獄的傳統風格，也太容易引起守法民眾和受害人及他們家屬的非議了。

你絕對是個重刑犯。

扣除獄中「表現良好」的假釋刑期，你仍在多所監獄度過十五年六個月，長得足夠讓一個呱呱出生的嬰兒，長成俊美少年的歲月。

夏天過後，你將在這裡出獄。

你的淺藍卡其上衣，繡著你的代號ＨＬ○○一三六，這也是你在獄中十五年來的名字。你的父母長輩給你的學名和暱喚的小名，都在這代號之下隱藏。看你平靜的與我在窗口同坐，怯怯凝視我的名牌，你輕咬嘴唇、欲言又止的神情，就算獄方人員未曾交代，我也不忍問起你的本名，而你也將堅持不提及。

一個包含著愛和期望的名字，落在一個重大刑案之上，多年來能用一個代號遮掩，遮個醜、掩個心痛以及往事的種種不堪，總讓心境平靜些。

但你畢竟知道，這枚繡了代號的小小胸章，是由十五年半的針線繡成。每一縷針線，分別是你怒火攻心後的下手無情，是你們以傘尖、曬衣架鞭打那少女的哭嚎；是她全身上下的每一條傷痕；是你們發明的和學自傳播媒體的不能再細述的酷刑；是她被遺棄在山窪竹林內的奄奄一息；是你們棄她於不顧的逃亡路線；是她家人隨同警察和報案人循線趕來後的淚千行；是當年十六歲的你腳鐐拖地的痕跡；是你被獄中大哥賞以見面禮的拳印；是從這個牢房到那個牢房的每一條欄柵；是你家人親友的無言以對；是你所寫「獄中書」的十行紙線，以及在無數噩夢醒來後的思索。

一枚小小的布繡胸章，由飽蘸血淚的絲縷編織而成，「ＨＬ〇〇一三六」何嘗不是另一個沉重的印記？

我們談得最多的，倒是你自國小五年級到國中二年級輟學間的少年時光，也是你比較願意提及的往事。也因此，在我面前，你不再是即將出獄的三十一歲受刑人，而回復成一位十五歲的少年。

國小五年級那年的運動會，你打破了校運一百公尺紀錄；你負責最後一棒的班級大隊接力賽，一連趕過兩名跑者，為班級勇奪第一名。你在校際音樂會彈奏《約書亞準備傑利哥之戰》鋼琴曲，這是你最喜歡的一首由黑人靈歌改編曲。可惜，忙碌而疲累的爸媽都不能來參加盛會。

「那位遇害的女孩，曾是你們的同學。國小五年級的老同學？」

你搖頭。

「是國中同學？」

你看向窗外的琉球松和修剪極好的百里香灌木叢。矮籬之外，便是農場，斜坡的水窪有一群遊蕩的牛，以及一棵被牛角磨脫樹皮而枯槁的青松。

「這些年來，你見過她的父母、親人？」

你搖頭。

你寫過幾封信，懺悔的長信，給她父母，沒有得到回覆。

你記得國小畢業的夏天，在百貨公司的頂樓電動玩具店認識明發、大雄、小凡和阿宏幾個朋友。阿宏的年紀最大，大你兩歲，他們都是很會玩也有趣的人，只是喜歡牽人家的腳踏車當便車，騎到哪丟到哪；喜歡搜摩托車的車箱和游泳池寄物箱，「找零用錢」。你說你沒參加行動，卻一一在場。

「把風？」我問。

你說，年幼無知，容易被朋友帶壞，人在江湖，身不由己。

十五歲的少年也算年幼？而年幼的江湖，又是什麼樣的江湖？他是完全的「身不由己」，是沒有自我意識、東飄西蕩的黑暗江湖？

你說不是那麼黑暗，多數是快樂和刺激，比在家裡好玩得多。

你們曾在豆腐岬海灘救了一個溺水的小孩，他在堤岸邊的巨石上滑溜落水，兩手還扶著石壁，入水的雙腳幸好給一雙手抓住。你說，你突然拉起了一個小孩，成了莫名其妙的救人英雄。

溺水小孩的所有家屬登門致謝，送來二十人份的豬腳麵線，讓你的家裡香味四溢，熱氣騰騰。你忍不住的笑起來，又惋惜你的家人毫不領情，甚至痛罵你不該和狐群狗黨跑去玩水。

每個人的生活都擁有許多選擇的權利或機會，唯獨對我們父母血親無從選擇。若「天下無不是的父母」，說得太理想圓滿；而「一無是處的父母」，也顯得太絕情。多數人自襁褓以來，都受到呵護撫養，才能長大成人，我們有了這樣的感念，再進而對父母的不是不認同，這才能公允；我們個人的思辨，才不至於偏頗。

「怪罪父母、家人對你疏忽？」

你搖頭。

「他們來看過你？」

你說，你請他們不要常來，但他們不依。尤其圳溝旁土地公廟的老廟祝，年年的土地公生日後一天，再遠也趕來為你辦會客。他總帶一隻祈求平安的糯米龜給你吃，說是大新里的土地公，未能好好保佑在地子弟走正路，土地公過意不去，你在獄中，祂仍惦記。

「為你辦了十幾次會客，成了你的期待？」

你點頭又搖頭：既期待又慚愧。國一到國二的兩年，你「只要有空」，便會去土地廟，「順便」捉弄廟祝，偷香火錢、吃水果、砸馬桶、藏老花眼鏡，有一次還抓一隻流浪狗割腕，盛了滿滿一碗狗血，在廟前廟後到處灑。

「為什麼做這種事？一條狗不也是個生命？又是『人在江湖』、『給朋友帶壞的』？」

你點頭。其實是輕賤自己的生命，也不看重任何生命，只圖一時之快，不管別人的痛苦。只為打發無聊，不怕別人麻煩；只管引起注意，不擇手段，說穿了，就是把「人不為己，天誅地滅」的反諷當真，自私自利，自私到盡頭，連自我也迷失。

你說，「人在江湖，身不由己」、「給朋友帶壞」其實都是自我迷失的藉口，你以牢中十五年半的代價，換取這個認識。你說，你在十五歲之前累積的想法，用了相等的歲月才得以澄清。

我是花蓮光復外役監獄的意外訪客，與你的訪談也是隨機安排，因你是最接近出獄日的受刑人。任何不刻意的相逢，都是巧緣，是一種無負擔的自由自在。

不設圍牆的這座外役監獄，環境清幽、空間寬敞，還設有會客家屬免費居住一週的花園洋房，這樣的優厚待遇豈不像度假，何來受刑？

獄方人員告訴我，受刑人來到監獄，將接受懲戒與教化，也就是在被剝奪自由的狀態下受到監禁處罰、心靈改造和技能訓練以求新生。

不設圍牆的外役監獄，是受刑人從傳統監獄即將回歸一般社會的

「中途之家」，一個調適的場所。「不告而別」的受刑人，視同越獄，在通緝被捕後，將罪加一等，這是無形的圍牆，受刑人得約束自己，學習自我克制，就像在自由社會，每個人都得學習不侵犯他人的身體、財產、名譽和自由，尊重所有的生命，包括尊重自己的生命。

清幽的環境可以提升人的性靈情境，在這樣的外役監獄仍是被剝奪行動自由的，畢竟還不是一般「別墅區」，無可羨慕。你說，就像一個沒有溫暖、缺少愛的家，那只是一幢房子，你不願再回到這樣的外役監獄，你願意為自己未來的人生創造另一個家，有愛、有溫暖、有希望可追尋的家。你不願再和過去相見。

HL〇〇一三六，這封尋人啟事的用意，不是找你來相見。因你說過，對於出獄的受刑人，獄方有個傳統祝福：不要說再見，也就是揮別種種不堪的往事，誓不回監。那天，我們機緣巧合的訪談結束，你也是這麼說：「不要說再見。」

想你出獄後的生活；想你回來我們同在的社會，我卻仍然惦記：你好嗎？十五年半的牢獄生活，只是你應得的懲罰，並不表示得到這個社會、那女孩的家屬以及你自己的寬恕。你正以什麼樣的生活，付出什麼努力，為自己，也為博得我們的社會和那女孩的家屬諒解，甚至補償？

這封尋人啟事，是個關心與祝福，給你，也給另一個將取代HL〇〇一三六號的受刑人。

山海園的小管家

尋人啟事

姓名：小傑

年齡：十五歲

性別：男

特徵：矮瘦，天庭飽滿，反應機敏。

分手時間及地點：一九九八年八月十五日，花蓮海岸公路磯崎海濱。

背山面海的一幢樓房，給波浪形的矮牆環繞，矮牆之內又一道緊貼牆壁的九重葛波浪牆。你開啟圍牆大門，推出一臺手推車，車裡滿滿是青草及綠葉的清香，造形別緻的樓房前院，是一片剛修剪過的如茵草坡和一道道由白卵石、黑膽石相間的「枯山水」，令人不禁佇足。

難道是我們在海岸公路發現的第八或第九幢雅舍。樓房如此雅緻，占地廣闊而環境這般清幽的所在，該叫濱海別墅、山野莊園或什麼超級農場？

「有名字的，」你說：「山海園，有山、有海、有果園。我敢說它是東部海岸公路最漂亮的房子，怎麼樣？」

「是你家的莊園？」我問。

你大笑，笑得嗆喉，啞啞的說：「我哪有這麼好命，我老爸哪有這麼厲害，我們花蓮人哪這麼有錢的！是臺北王老闆的度假別墅，我媽媽幫他們顧房子，我來幫我媽媽打工。沒看我累得像一頭牛？」

真想進去參觀。

你說「不方便」，只有王老闆交代過的朋友才能進來。想喝水，你可以端出來請客。奧托颱風把庭院吹得一團糟，你跑卡車的老爸請假一禮拜來幫忙，你和媽媽整頓了半個月，這才恢復得有個樣子。山坡坍塌的土埋了廚房，剛清洗完；被風雨吹溼的字畫，晾著，你還擔心它們變形走樣、褪色。

說不定我們可以幫上忙。

我們是一群「有旅遊方向，沒旅遊目的地」的自由派旅人，也就是「處處好風光」的發現者。我們自備帳篷、炊具和睡袋。

你搖動手推車內堆滿的青草和綠葉，說：「那等於是游牧民族？」「吉普賽人或流動人口？我怎知道你們不是壞人？」

你的幽默和機智都不差，可未免太緊張。

這世界的大善人儘管不多，而大惡不赦的壞人也只在少數。這世界哪來那麼多壞人？通常只是有點好又不太好；有點壞又不會太壞的人，「處處有壞人」的假設，就像不時有颱風、時時有地震、日日有危險的強烈憂患意識；只怕防衛過度，讓人睡不安穩、走不踏實，喪失更多的生活樂趣，並油生疲憊。

花蓮人是這樣看待外來客？

越過海岸公路，濱海的邊坡有幾頭閒逛的水牛，你的手推車才靠近，牠們便漫步聚集過來。草葉的清香令牠們垂涎，牠們可也不急躁、不爭奪，慢悠悠的以舌挑捲草葉，細細咀嚼品嘗。

「不一定，」你說：「臺北人不都那樣來去匆忙？臺北人比較有錢，壞人也許比較多。」

這也不一定。

概括印象常存成見，偏誤的堅持更令人懊惱，因辯駁雙方都很難提出確切證據，對談就失去交集，缺少共識。

「山海園的王老闆一年只來三兩次，每次最多住兩天，他好忙、好累的樣子。我從小就不敢跟他說話，我媽媽是他的管家，我是管家的兒子，我們差人家太多了。」你率直的說。

「究竟誰差誰太多？」

「我們是人家雇用的，當然不能跟人家比！」你說。

「你們住在這麼清幽雅致的山海園，需要負擔水費、電費、房屋稅、地價稅和修理費？」

「當然不用，山海園是王老闆的。」你肯定的說。

「他還要按月付給你們管理費，而他一年在這裡住不到十天，這到底誰差誰太多？」

你睜大眼睛，抿嘴、咬脣，終於大笑：「不過，這是他的度假別墅，他的財產。」

「是他永遠的財產，一百年後還是？當然不是。他現在也沒享用到山海園種種的好，不就兩頭落空？」

「這麼說，好像我們占了人家的便宜？」你質疑的說。

「可不是，王老闆簡直是上輩子欠你家某人一筆債，來不及償還，這輩子換這方式，辛辛苦苦建造山海園來供養你們。」

「這說法好奇怪，你們真不是吉普賽人化裝的？」

未曾謀面的王老闆，肯定是個好眼力且有好能力的人。山海園倚傍日日高升的海岸山脈，面臨蔚藍太平洋，不論清晨或黃昏，不論寒暑，從任何視角眺望，處處都是好風光。儘管地底板塊的造山運動日日在這地帶進行；南太平洋的熱帶氣旋年年來此報到，它們的震動和風雨也並非全然的壞，只要防範得宜，難說也是一種殊異經驗。

我們決定在山海園外的海岸公路邊坡紮營，在水牛漫遊的草地享受一夜與山海園同等的景觀。

你婉謝我們幫你清理庭院的工作，也堅持「不方便」我們入內參觀，即使王老闆整個夏天沒有來此度假的通告，你仍然搖頭謝客，「王老闆來了，你們還可以問問他，他不在這裡，我更不能讓你們到處亂走。」

花蓮人都像你這麼盡職負責？

你將水管拉過海岸公路，為我們裝滿三桶清水，又將那幾頭水牛帶去窪地安頓。

「大概是吧，」你說：「只能這樣招待你們，無限量供應你們清水。我們花蓮的水很多，水質不錯，喝過的人都知道。」

你婉拒我們入內參觀，希望不是因「提防陌生人」的過度緊張，而是一種職責，一種原則。這原則對於陌生人或相熟的親友，一體適用，如此，作為山海園管家的兒子，一個臨時的少年工，你的表現令人敬重，也讓人預見你的未來可堪大任。

這個夜晚，我們的藍、紅、白三頂蒙古包帳篷，為磯崎海濱增添了夜色，這裡的潮音和海風也推動了我們的話題。這回是你不請自來，勇闖「吉普賽陌生人」的營地，直到你的媽媽來催趕：「太晚了，人家要休息，不要吵人家了。」

花蓮是臺灣東部一塊特殊的土地，狹長的縱谷住著一群不太擁擠的人，山海之間的盛產漁米，天地之間的日月風雨，怎麼看都比別處來得清淨；但這天天迎接躍海旭日的地方，偏偏給山外的人叫成後山之地。

你自嘆命不好的想法，想來也是這種代代相傳的後山意識的一部分。王老闆不辭辛勞，不計工本的建造度假別墅讓你家享用，若你真記掛山海園的產權歸屬，那麼，將來真正屬於你的另一座山海園，可不是以卑微做材料；以怨哀來施工便可建造起來。

你饗客的花蓮清水，果然甜甘可口，滋潤喉舌，對奔波的旅人或在地的花蓮人都該是「金不換」的天地賞賜。你追問：「很好喝對不對？沒騙你對不對？」

緊張過度的都市人流行「提防陌生人」已久，他們激烈的生存競爭、稠密的人際往來，是為了保護自己。鄉下的花蓮人在「後山意識」裡若再趕這流行，而不知防治傳染，真正的封閉就要形成了。

我們這群游牧民族、吉普賽人的自由派旅人，我們的種種表現，能讓你對陌生人稍稍釋懷？

女管家是個無錢有權、無身分有職責的重要角色，女管家的兒子難脫關係的介入其中，不卑不亢的忠誠做人，全心全力的完善任事，一樣是個好角色。

我們在旭日躍升太平洋的一刻拔營，繼續南下。伴著潮音入眠的夜晚，有你饗客的清水解渴，以及你幽默且機智的對談，十分有趣。

匆匆別後，你好嗎？

馬拉松健將的後裔

尋人啟事

姓名：拿都・瓦歷斯

性別：男

年齡：十六歲

特徵：身高超過一六五公分，膚色黝黑，濃眉大眼，愛笑，左手微微抖顫。

分手時間及地點：一九九七年七月八日，屏東縣霧臺鄉神山部落。

仲夏七月的午後，群山環抱的霧臺已有雲靄越嶺而下，有淺藍薄霧自山谷升起，於是在你家鄉的仲夏，有了涼爽秋意，十分宜人。

我們發現你從卡巴希拉將（神山部落）的斜坡小路跑上來，跑得滿臉通紅，一身大汗，就像奔跑了四十二公里的馬拉松選手，在距離「神山」的最後一九五公尺的路程，放盡氣力，只能依靠「我要到達終點」的毅力撐著。

事實上，你的腳尖勉強算是「走」的。你走得歪歪倒倒，彷彿只要有人輕推一把，或山風的勁道稍強一些，你便會像暢飲過量的醉酒人，趴倒在地，不能起身。

我們為你捏一把汗，趕忙要走下坡去攙你。

這應當只是你一次例行的馬拉松練跑，從霧臺到三地門往返的常態鍛鍊，讓人攙扶到終點，好好喘口氣，大概也不算破壞訓練計畫？我們卻也擔心這樣的多事攙扶，壞了你獨立完成的有始有終，你放盡體力，恐怕還會惱火！

你真是累透了，累得雙眼迷濛，看不準一條直線的路。你每一抬步踩地的動作，像踩在棉花團，輕柔又不著力；有時歪斜一肩，連續小碎步的往前衝，在傾倒前的一剎那突然仰身挺正，又繼續前進。

出身霧臺的馬拉松健將，曾經是雄霸臺灣馬拉松長跑運動幾十年的紀錄保持人，代代相傳，讓所有平地選手望塵莫及。你是馬拉松健將們的子弟，傳承了他們的體力和毅力，我們總算見識到你艱苦的自我訓練。

我們走下坡迎接你。我們以弓箭步站成一列，必要時將挺身而出，以防未來的馬拉松健將摔倒。任何人能不歇止的連續奔跑四十二公里一百九十五公尺的馬拉松，不論基於「通報戰訊」、為生活所需、鍛鍊身體或期望在運動會奪得獎牌，都是「常人難為」的值得敬佩。

當你搖搖晃晃經過我們面前，你濃重的喘息隨風飄來一陣「維士比加米酒」的酒氣，酒氣以酒嗝伴奏，你的醉態可掬，雙頰嫣紅，著實把我們嚇了一跳！

稍早之前，我們在集會所旁的建築工地，遇見你的族親，他們正為鋼骨鐵皮搭建完成的三樓新屋砌疊黑石板。你的叔伯們蹲在高高的鷹架上，以霧臺盛產的黑石板，一片片疊出美麗圖案的石柱，砌成遮風擋雨的石壁，你嬌美的堂姊們，以一身卡其服，可疑的女扮男裝，在工地和鷹架間遞送合適的石板。

而花頭巾上綴飾著青綠茄苳葉的婦人，該是你性情開朗的嬸嬸，她努力攪拌泥沙，告訴我們這幢高大新屋將成「魯凱族風味餐廳」的遠景。

她說：「魯凱族的健康美食，跑馬拉松來吃都值得，」她摘下頭上的一片茄苳葉調配口裡的檳榔，又鏟起一坨泥漿，大笑：「我們都是吃這個長大的，我們都會跑馬拉松！」

我們還沒嘗到傳統的魯凱族健康美食；但聽說你的叔伯們一一創造過兩個半小時跑完馬拉松的佳績，直到年過半百的今天，仍然用不著三小時就能跑完全程。再看他們通力合作又輕鬆愉快的搭建新屋，不論男女老少為生活獻出一份力量，我們相信那些健康美食不是自賣自誇的過譽之詞。

為什麼霧臺的魯凱族人這麼善跑？是因為霧臺的清新霧氣？是坡路陡峭的「地無三里平」培養了腿力？或魯凱族原本就是一支強壯的民族？

你的族親們大笑，你們真是個樂天開朗的族群，似乎在任何時候都能以笑聲引導話題。瑞山伯伯說：「統統對！霧臺是個好地方。我們小時候上學、買醬油、買鹽，都要跑到三地門，每天都在跑馬拉松，還要背東西。運動會太輕鬆了。」

前一年，我們在集會所的廣場認識你和瑞山伯伯，約莫也在這樣的仲夏，我們知道你剛從國中畢業，也知道瑞山伯伯曾是屏東縣運動會一萬公尺和馬拉松最佳紀錄保持人；而屏東縣的長跑紀錄幾乎就是臺灣的長跑紀錄。

你補充說明：「很多啦，我們的長跑紀錄保持人很多，那是古時候的事。」

你的話意有對那些「古時候」的長跑健將長輩的引以為榮，或者因為年代太「古老」而不那麼在乎？

我們希望更進一步了解，你卻大笑的走了。

我們看見神山部落一戶人家的石板屋頂上，坐著一對老夫婦石雕。他們穿著鮮麗的魯凱族傳統禮服，腰配長刀的老先生，咬著竹筒菸斗，凝視遠方；縫製衣服的老太太，平靜的理著手中的針線。石雕生動傳神，宛若一對盛裝打扮的夫婦，等待祭典的開始，或剛從祭典會場回到家，心中飽漲著隆重祭典的熱鬧氣氛，令人回味再三。最耐人尋味的是那老先生眺望的眼神。

作為一名長老，在經歷過大半人生的晚年，除了個人的生涯規畫如何收尾；個人的健康如何保持良好狀態，他必然會想到族人的整體體質的強壯美好，不免要設想魯凱族人的未來之路如何開創的重大問題。

任何種族的現況和未來前程，因處在一個或大或小的共同體制中，而有互通有無，取長補短，甚至劣質的你消我長。儘管如此，魯凱族人仍然保有一定程度的自主空間，去選擇、規畫具魯凱族特色的遠景，也就是保留了需要自我努力的相對空間。這需要花費心思氣力的自主作為，正是一支民族再生力的泉源。

就在這戶人家的石板屋簷下，還有另一尊石雕，一身出獵裝扮的濃髮壯年男子，同樣腰配長刀，他雙手捧起一只大陶甕，張口暢飲，平伸的兩膝間，夾住一瓶窄口寬腰的酒瓶。我們不知他暢飲的是清水還是米酒，若是清水，這種喝法表示他太乾渴；若是自製米酒，他的酒量也著實超過一般水平。

在你家鄉的霧臺山區，我們還見到兩名健壯獵人張弓射箭的銅雕，見過浮雕上的酋長、雲豹、山豬、戰士、百步蛇和種種生活實況；不論這些圖騰作品是否由你的族親完成，它們都生動呈現了魯凱族豐富的傳統文化，表現了你族親的強壯和美麗。

我們作為一群外族的訪客，被你在午後爛醉如泥的模樣，嚇一大跳，不禁想到：以你過去一年的表現，以你這樣一位青春少年的魯凱族人，你將為自己的民族寫下什麼樣的族史？

你在國中畢業後，既不想升學，也無心就業；既不想練跑健身，也無心加入建造新屋的工作，在霧臺已禁止打獵，你想下山，卻不知需如何獵取新的生活？

你醉得太厲害了，我們無從和你交談，無從表達一群外族朋友的關切。其實，若你清醒，我們也怕你頂回一句：「這是我的事，我們家的事，你管這麼多幹什麼啦？」奉送我們一聲大笑，笑得大家手足無措。

忙著搭建新屋的瑞山伯伯，和女扮男裝的堂姊們，對我們詢問：「為什麼霧臺不再出現馬拉松健將？」

他們的共同答案是：「年輕人只想唱卡拉ＯＫ，怕曬太陽、怕流汗、怕喘氣、怕腿痠；只喜歡唱歌，唱得口渴就喝維士比加米酒。」

你族親的善跑、善飲和善於狩獵，都和傳統生活形態有關，馬拉松健將的產生和你們的生活環境密切結合，脫離了那樣的生活形態，你當然不能也不必以馬拉松健將為光榮標誌，以馬拉松賽跑為健身的唯一方法。就像失去狩獵環境的現代，也失去了產生少年獵人的條件，以豪飲壯膽和壯氣奔走山林的嗜好，也同時失去它的必要。

一般說來，在我們的世界，田徑運動很難賴以謀生，尤其是長途奔走的馬拉松。即使作為強身鍛鍊，我們也不惋惜你沒有培養跑馬拉松的興趣；但是你作為魯凱族馬拉松健將的後裔，這運動的不怕太陽、不怕流汗、不怕喘氣、不怕腿瘦的耐力和毅力，若轉換為魯凱族的傳統精神之一，卻是你的也是我們這些外族朋友的寶貝。

憑著這樣的精神，我們相信：不論在霧臺山上的家鄉或平地城鎮，你總能以它來培養技能、發揮專長，謀取生活並規畫人生。

雖然我們沒有看到你的父母和兄妹們；但建造石板新屋的族親們，對你的搖頭、嘆息和關切，想必也是你家人的感受。

瑞山伯伯說：「身體像大人了，做事又像小朋友，不懂照顧自己，也不想照顧別人。愛的教育不能打罵，溝通又溝不通，好想抓他來跑馬拉松，一個禮拜跑一次，從霧臺到三地門，把精神跑出來，你們看，通不通？」

馬拉松是「普通人」跑得來的嗎？尤其像你們這種「一星期大醉一次，準時得像做禮拜」的少年，聽見四十二公里一九五公尺的路程，不就腿軟？但想到你是魯凱族馬拉松健將的後裔，我們又不敢小看你的潛力。

所以，我們說：「讓他試試吧！」

人生的馬拉松是一條更漫長的路程，每個人都得或快、或慢、或跑、或走的行過一回，體能和機運之外，若連嘗試的勇氣都缺少，這條路怎麼走得下去？

在你酒氣和酒嗝的告別後，又一年沒有你的消息，和你的瑞山伯伯通過幾次電話，他說你在族親的半強迫及你的半自願下，果然練跑了十七次馬拉松，最後一次成績已突破三小時大關，可以和你年過五十歲的瑞山伯伯並肩邁進。他說你已下山半年，在臺灣的某個地方生活。

你過的是怎樣的生活？你的族親和我們這群外族朋友都好想知道，必要時，希望為你人生的馬拉松，「遞上一瓶水和一條冷涼毛巾」，為你加油。

馬拉松健將的後裔

紙鳶與稻草人

尋人啟事

姓名：漢廷、佑誠、依婷、弘揚、宜芬、玉嬋等

年齡：十～十三歲

性別：少男少女

特徵：身體健康，活力充沛，聲音嘹亮，口齒伶俐。

分手時間及地點：一九九八年十月，臺中縣潭子鄉。

都說秋高氣爽，天風凌厲，適合放風箏，讓一隻隻紙鳶遠颺，讓高爽的天際妝點一些色彩。

這天，你們在一片收割過的稻田間，不只施放紙鳶，也綁紮了一群稻草人。這樣空曠的稻田，仍然餘留豐收的氣息，有你們的忙碌歡喜和引頸盼望，又增添了生動的活力。

能在樓房和電線交織的城鎮，找到一片清朗天空施放紙鳶；找到一處開放的田野紮稻草人，該是一件幸福的事。

你們玩著，卻突然吵架了，聚在兩座稻草堆間，相互推擠，叫罵：「你很奇怪！我們走到哪裡，你就跟到哪裡。」

「這又不是你們的地，管我，誰規定我們不能來，有嗎？」

說是有人發現這兩座稻草堆間的風勢特強，風向穩定，三兩下就能讓紙鳶升空，後來居上，飛得又高又遠。眼尖的人隨後趕到，輕將紙鳶舉起，也能順利飛上天空，還將紙條串在線上，寄去兩封信。

最先發現這好地方的女孩，她的眼睛和鼻子皺在一起，說：「真的很討厭，這樣擠在一起，纏線了怎麼辦？你們為什麼不自己去找地方。哎！好景不常！」

她氣壞了，猛力收線，將線抖顫拉回。她的紙鳶給這猛然回收，在半空左右搖擺，又兜圈旋轉，完全走樣。

「瘠風吹！瘠風吹！」同伴們高聲起鬨。

女孩的「亂馬」紙鳶似乎聽見稻田上的呼喊，索性在半空畫倒八字，讓大家見識它的瘋勁。

「風吹」的威力驚人，左一圈纏住三隻紙鳶線；右一圈旋轉纏住三隻，嚇得那些紙鳶主人坐不住、站不住的滿場跑，急忙扯線、收線，以最淒厲的哎叫配音。

六隻「風吹」，以各自的瘋態在半空亂成一團，稻田上的紙鳶主人也這麼交叉奔走，跌跌撞撞。天空的情況失控，地面的人還設法要挽救，既是受害人也是肇禍者的女孩，這回又冷靜了：「我喊一、二、三，我們一起慢慢拉回來，不要急，會沒事的。」

一位小胖子男生卻說：「一起拉，會失速降落，會砸爛掉。我喊一、二、三，大家放手，我們再去找回來整理。」

亂成一團的六隻紙鳶給鬆了線，真的不再起痟。它們順風飄去，反又失去糾纏掙扎的勁道，悠悠蕩蕩，降落到西南方的稻草人區，引起另一場騷動。

纏成一團的六隻紙鳶飄來，居然夾雜沸騰人聲，一群人隨聲衝撞。

在收割過的稻田綁紮稻草人，稻草人的作用顯然和麻雀們無關。就像在中國武漢帝時期，「候景造反，武帝被圍，作紙鳶飛空，向外告急。」的求援作用，稻草人也不作「孔明借箭」的靶標，它們在今天都成了有趣的遊戲。

你們從櫥櫃底層翻找來過時衣裳，為稻草人裝扮，多半只是好玩逗趣，沒想到會引發爭執，這未免奇怪。你們眼看一隊人馬駕臨，頭頂還有糾纏不清的六隻紙鳶空降，你們凝神張望，守住各自的稻草人，怯怯互問：「我們又做錯了什麼？」

假若這些稻草人能活靈活現，它們會有意見的。「農夫之夜」的稻草人，頭戴斗笠，伸張雙臂，擺得人模人樣，無非也只是虛張聲勢，嚇唬麻雀，讓牠們不敢靠近，或口下留情的少吃一點稻穀。

稻草人的有效作用，只在稻穀收割前的一個月內，它的作用對有些膽大或飢餓過頭的麻雀，未必有效；尤其那些蟋蟀、蚱蜢，根本對它完全不在乎。

你們綁紮的稻草人，既然和它的功效作用不相干，又哪來「我的位置比較好」、「稻草人擠在一起就沒用」的問題？

你們偏要為這先來晚到的優勢鬥嘴，為誰妨礙誰的稻草人身手大小聲。你們原本的忙碌歡喜，因為熱鬧過頭而走了樣，就像那些原本引頸盼望的紙鳶手，將精神用在推擠而變成一群「痟風吹」。

這一回，兩路人馬大會師，一群稻草人和紙鳶都集中到一處來。你們大驚失色、氣喘吁吁，卻又看出一點趣味：

「天空那麼大，你們的「風吹」怎會纏在一起。」

「稻田那麼寬，你們的稻草人幹麼統統擠在這裡？」

「一個稻草人太無聊，太多了更無聊。」

「放「風吹」當然要看風向，誰知大家看的都一樣。」

「六隻「風吹」纏成這樣，解得開？」

「你們的稻草人擠一堆，嚇誰啊？」

「我們幫你把「風吹」線解開，你要答應讓我們放一放。」

「只要不弄破「風吹」，沒問題。我先幫你們把稻草人搬開，站開一點好看。」

「我們能綁這麼複雜的稻草人，還不會解線？什麼簡單，要把衣袖套進硬邦邦的手臂，還叫簡單？」

「要讓「風吹」飛上天，也不容易的。你們真的不能弄破「風吹」，不能把線剪斷，線太短就飛不高、飛不遠了。」

你們的兩隊人馬，交換工作，相互解決問題，又是一種新鮮有趣的遊戲。

放紙鳶，需要看風向，在這時節，乍起的東北季風有個大風向，卻因地形、地貌的不同，山窪裡的風向和湖邊的風向也會轉變；鐵軌旁的風向和操場裡的風向也有不同。

偌大的天空，總有不同的空間讓造型、重量或結構不同的紙鳶升高、放遠，每個紙鳶手試著去尋找，總能找到屬於自己的一片天空。

「農夫之友」的稻草人，獨立在稻田某處，一定要說它寂寞無聊，這寂寞不就是它原本的特色之一？將它們排列成一個隊伍，擠靠成看熱鬧的群眾，怕是讓麻雀們看得開心，也來湊熱鬧。收割後的稻田，是個暫時開放的空地，所有遊人都是暫時的過客，沒有一處所在，是永遠屬於誰的領土。

你們糾纏的紙鳶線解開了嗎？換一批不帶火氣的新手來解線，至少不會愈拆愈緊吧？

那些擠靠在一起的稻草人，給另一隊局外人搬移開來，它們各守一塊田的姿態好看嗎？它們分散後的視野，是什麼樣的一種光景？

當它們望見翩翩飛起的紙鳶在各自的空間翱翔，儘管仍被線牽絆，但它們不再糾纏成一團，這也讓人夠開心吧。

金門瓊林子弟

尋人啟事

姓名：姓蔡，名不詳

年齡：八～七十八歲

性別：男女均有，人數約百

特徵：體型健壯，腳步快捷，隨身包掛一枚風獅爺玉珮。泉州腔閩南語，尾音上揚。

分手時間及地點：一九〇〇年以來，金門縣瓊林村。

我們彷如一群遠遊歸來的金門子弟，結伴回到瓊林蔡家村落。春雨綿綿，我們噤聲慢行，走在無人的長巷。縱橫蔡家村落的巷道，依然狹窄筆直，紅磚和花崗石合砌的壁牆，在一扇扇百年木門和更遠年的石窗間，合成了時光的長廊。這樣的長廊，怎不見鞋印或足跡？

溼濡的赭紅地磚，依然是繁複的拼貼而自成秩序的圖案，這一回，在金門難得的春雨，赭紅地磚映照一道狹長的天光，天光裡有屋簷的燕尾脊和馬背的彩繪。是因為春雨太綿細、地磚的色澤太深沉，所有踽踽獨行的鞋印和孩子們奔逐的足跡，連同雨絲一併滲入地磚的最底層，化進天光的最遠處？

瓊林的蔡家村落，是不見中生代，也少見青壯年，沒有少年笑語的古宅群落，儘管還有麻雀在瓦簷吱啁，仍是清冷的。

我們彷如離鄉太久的遊子，在似曾相識的村落盤轉，會見每個巷口轉角嵌壁的風獅爺和石敢當，以及在傘珠間瞻望老家的方向，在每一扇緊閉的門扉，試敲鏽綠的銅環，以喀喀的聲響代替說：「我們回來了。」

我們的腳步踩踏的是欣喜、猶豫、納悶和慌張。若因我們一走，這百來戶的蔡家村落便空了，那麼，我們再結伴回歸，蔡家村落該又是熱鬧滾滾？

綿綿春雨下的蔡家村落，所有的紅瓦更紅，花崗石的紋理淋洗得更鮮明，這麼光鮮雅緻的古老群落，每一條長巷都清幽潔淨，就算家家有不歸的遊子，總該還有被瓊林的紅土黏著的人留守著？

我們找到了蔡家老奶奶。

在這村落，每一戶人家的阿嬤，都是「蔡家老奶奶」。而她究竟是誰家的阿嬤？一位精神矍鑠、一身打點整齊的阿嬤，一個人坐在埕口內、門檻邊的雕花門扇下，剝落花生。我們回憶不起，一時不敢相認，於是收傘，躡步而近，蹲下來，讓彼此看個詳細。

阿嬤漂亮的耳朵已聽不清聲響；她美麗的眼睛卻看明了來人。她笑了，一口齊整的白牙：「什麼時候回來的？吃飯未？」

「才剛來。找了一下子。哦，都是外庄的朋友……能看到阿嬤真歡喜。」

彷如遠遊歸來的金門子弟，但畢竟不是。我們是一群不請自來的旅人，在原定的行程之外，冒然進到蔡家村落。是那樣，少不得有來去匆匆的觀光客腳步；少不得尋幽探勝裡帶有壓力的心情。不過，倉促的腳步在踏進村落的第一步，就被古老村落靜謐的氛圍給放鬆、放緩，鞋尖和傘珠滴落的速度同步。

蔡家老奶奶招呼的一句：「什麼時候回來的？」竟將外來旅人的急促，一句話給揮去了。

我們回來探訪陌生的阿嬤，橫下心，不忍裝扮成蔡家的子孫，那就裝扮成鄰家子弟吧，總之，不再是一群觀光的旅人。

阿嬤說她八十六歲了。我們直呼不信，並非故意裝乖的讚賞她身體硬朗，討她歡喜。她以兩手的拇指和食指當夾，一次掐破兩粒曬熟的帶殼花生，神態優閒而動作爽俐；我們圍蹲在一簍落花生旁，拚力掐夾，怎麼也掐不出那種爽脆的聲響！

阿嬤嫁來這戶蔡家，已七十年，說是娘家在福建同安，五十年不曾回門了。來到這裡時，這一落宅院已竣工多時，住過幾代人。她說：「你們怎不記得了？回來，到厝內巡巡看看。土豆留給我剝。」

這樣的話，少女時代的阿嬤、少婦時代的阿嬤、養兒育女的阿嬤、及至中年過後的阿嬤，已說過多少回？

金門是知名僑鄉。

立處海島的金門人，常遠赴南洋謀生，這蔡家村落的世代男人，總代代相傳的在金門老家和南洋地區之間往往來來。

離鄉背井的蔡家子弟，在異地的艱難，不為外人道，也不好讓留守故鄉的妻小知，他們賣力積攢、費心儲蓄，將蠅頭小利綴補成一件還鄉錦衣，將血汗工資換做老家的瓦木磚石。

他們在蔡家村落留下連幢的宅院，有傳統的閩南風格，以及他們更熟悉的南洋樓厝——一種結合西班牙、荷蘭和赤道風情的四合院。

所有留守瓊林的蔡家阿嬤，從青春到年老，她們在故土守望的寂寥也不為人道，更不好讓在外奔波的父子知曉。她們讓廳堂的香火不息，光明燈常亮，她們日日清掃長巷，保持一條無阻的回家之路；不讓青苔在前院埕口滋生，返鄉的遊子一開啟門扉，便能熟識和安心。

她們勤練手勁，好讓日光曬熟的帶殼花生剝出脆響，嗶嗶剝剝，響成迎接的喜炮。

我們繞過左護龍迴廊，僻靜的屋角晾曬了幾件衣衫，白衣、黑褲、藏青外衣和米黃襪子，都是蔡家阿嬤一人換洗的。

高敞的廳堂前，還有一座更高敞的天井空地，溼濡天光，曲曲折折映照在神龕和先祖牌位，讓供桌刷上一層光澤。

瓊林不叫它供桌，叫它是帖案，是承載家族記憶的案頭，是一戶人家最顯明、最緊要的位置。無論家族興旺或人丁離散，這帖案都要這樣不沾塵灰、光潔如新。

尾隨而來的蔡家阿嬤，沒要求誰人上香，她找來雞毛撢子，在不沾塵灰的帖案又撢了撢，說：「蔡家祖輩有些讀書人，沒人得過功名；出過一些生意人，沒人大富大貴，也沒人當過海盜。傳言不對。咱蔡家是平常人家，在戰亂逃生的一般百姓，真正的依靠是井底清水和厝下地道，」她說：「好命的人，都去睡了。」

阿嬤的傾吐，彷如自言自語，末尾一句，嚇人一跳，我們以為這幢典雅三合院，只她一人留守，居然還有人在某間廂房午睡！

她舉著雞毛撢子，轉進廳堂後的左次間，快速躡步的身手，分明是將撢子當成「家教」，要去教示那些「好命」的午休人。

春雨的正午，仍有天光自斜簷的天窗投射。這裡有厚重的紅木眠床，眠床上有三張太師椅，椅上疊放了竹編謝籃、手提烤爐和一大落青花瓷碗，就是沒看到午睡的好命人。

雞毛撢子撢到竹編的三層大蒸籠，撢起一縷灰塵又蓬然擴散，將我們逼退。

「放著沒用，只是招灰，趕一趕，免得老鼠來做窩。十年前，廈門的共軍和金門的國軍不再輪流發炮攻擊，那一年過年，咱家子弟回來十幾名，這只蒸籠一連蒸了三天，還好用咧。」

蔡家阿嬤說：「好命的人，都睡到神主牌位去了，這厝只我一個人。」

「好命」和「睡」，原來是這回事！

我們詢問蔡家阿嬤：「那些『沒睡的』蔡家子弟都在哪裡？」「在南洋。」我們問：「南洋的哪一國？」「在臺灣。」臺灣的哪一地？阿嬤說不上來。她說總有百多人，民航客機開通後，回來便利，離去更便利。

來去匆匆，都像觀光客？

蔡家阿嬤抓一把生鮮花生送我們咀嚼，說生鮮土豆多汁，配上瓊林蔡家村落的泉水，更有清甜滋味。

埕口右側，粗礪的花崗石甃砌的井泉深邃，井底水波泱泱，泛升一股涼意。井口兩道凹痕，在春雨下更顯圓滑光亮，這是世世代代的蔡家汲水人，以麻繩琢磨成的聯合印記，因為用力，而留得長久。這是蔡家子弟的井口，甘泉留待他們回來啜飲。

畢竟，我們還是一群過路的旅人，只嚼花生，不嘗甘泉。我們心中另有一座故鄉的井口，是花崗石的、石磚的或硬泥鑿砌的，留待去尋索；留待去汲泉啜飲。

女兒牆

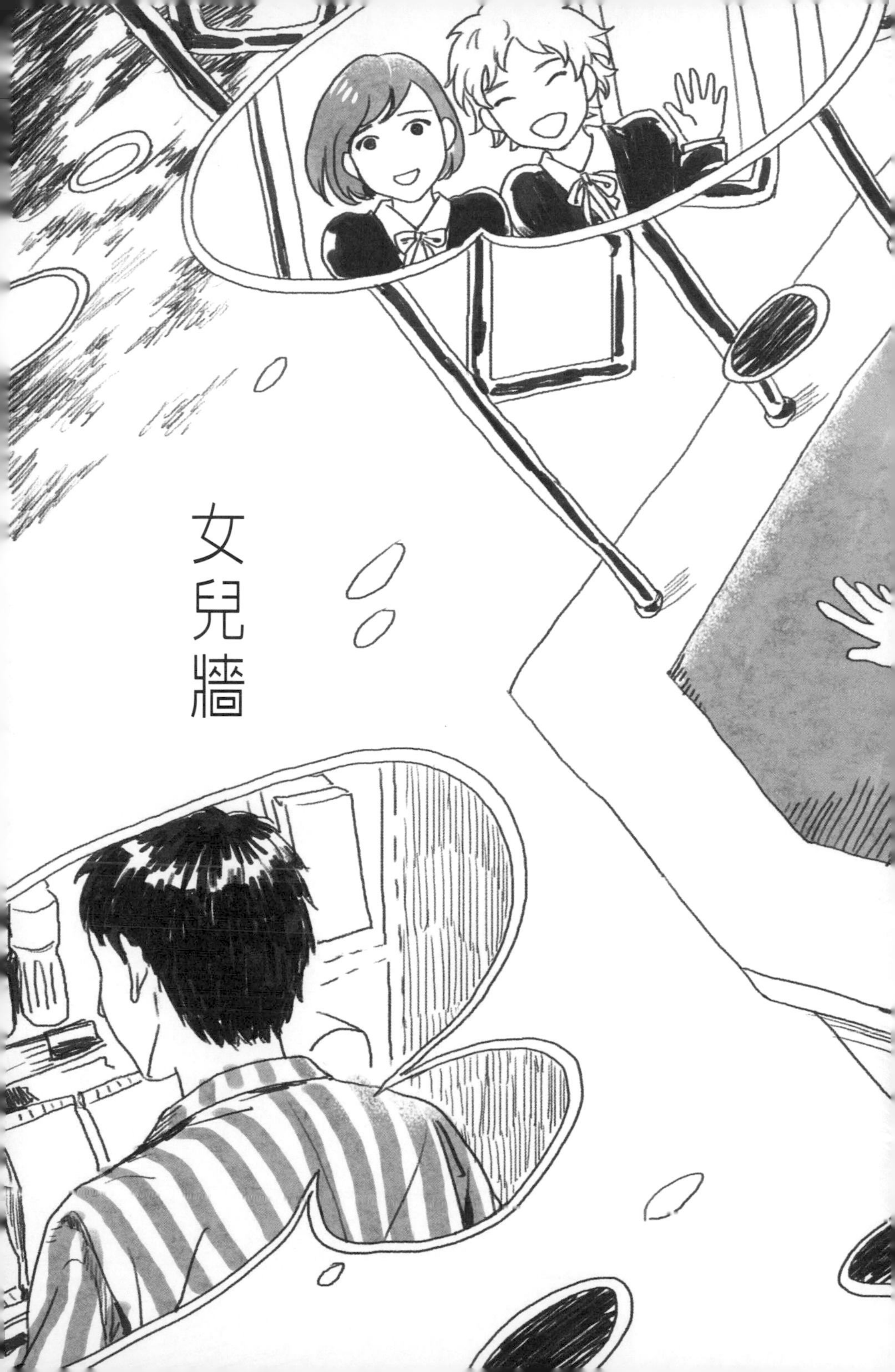

尋人啟事

姓名：余思寧

年齡：十五歲

性別：女

特徵：膚白，眼大，頭髮黑亮，常識非常豐富，樂於助人。

分手時間及地點：一九九六年九月，臺北。

那天清早，曙光微露，你穿一襲蓬蓬睡衣，來到六樓陽臺。

你在女兒牆上張開雙臂，以無聲的翱翔，表露你的愛；以沉重的墜落，證明羽輕的存在。

夜黑蝙蝠撤退，晨飛群鴿已出發去迎接日頭的來臨。一層亮過一層的拂曉晨光，依然清涼，你從鬱悶的電梯出來，深吸幾口清涼空氣。人說登高好望遠，那就望一望吧，換個高度和角度的望一望每天走過的路；望一望我們學校和同學家的方向。在你從陽臺的女兒牆起飛之前，想一想我們班以你為榮的摯愛，從另一個高度和角度想一想余爸、余妹和親友們對你的關懷。

思寧，請留步。

或許，我們個別對你的珍惜和疼愛，抵不過你芳心所寄的那位店長大哥，我們卻不相信，我們相加相乘的愛，也抵不過。我們不信。

群鴿盤旋在陽臺晨光中，牠們從被人禁閉的牢籠釋放，仍需在升降間奮力展翅，和地心引力抗衡。你從自我囚禁的斗室來到陽臺——缺少雙翼的飛翔，畢竟屬於意念，我們無從抗拒地心引力——若為交錯編織的情網找一條出路，你在當時一步一腳印走進，這時仍得一步一腳印的走出來。

哪個聰明的建築師，將陽臺牆垣取名女兒牆？

他設計這不高不矮的牆垣，讓芳心有寄的女孩遐思遠眺；讓芳心無寄的女孩有個安靜的倚靠。各世代都不乏失意的女孩，所以，女兒牆的高度，設計得可引頸盼望又難以攀越，它要為飛翔的意圖，留一堵阻攔。

女兒牆，不是起飛的基地。

思寧，請留步。

你若想起我們這一班的酷愛比較，肯定還要苦笑。

我們就是這樣：和同年級各班比整潔、較量課業成績；比秩序、較量才藝表現；比禮貌、較量運動獎牌。比到沒得比，把你也推出去和人比一比。

「我們的班長容貌出眾，體型美得剛好，儀態最『模特兒』，性格開朗，判斷公正果決，連笑聲也好聽得最『阿莎力』。我們公認像你這樣的班長，豈只站得出去，根本是我們班的一塊招牌，我們學校最出色的女生，其她班長根本不用討論，沒得比！」

你還記得嗎？去年的一次班會，你被我們逗急了，求我們：「不要這樣講，資優班沒這麼小家子氣的，再講，別班會笑我們瘋女十四年。」

誰知烏鴉嘴阿綿說：「都是事實，怕啥？哪一班嫉妒，派個新角色來比嘛。只要我們有信心，只要我們不怕紅顏薄命，怕啥？」

天哪，我們早該用譴責聲浪，把這個不會說話又愛說話的阿綿溺斃。她姑娘不擔心烏鴉太長壽，反過來詛咒紅顏薄命？

你毫不在意，替身陷重圍的阿綿說情：「只要你們不要這樣嗆呼嗆呼，我就會長命百歲。阿綿是我們班最有強烈母性的人，將來，我的小孩還得要認阿綿作乾媽呢。」

「正式乾媽」還沒著落的阿綿，就在那天班會榮獲一個「乾麵」的新綽號。寶裡寶氣的阿綿無所謂，你卻急得跳腳：「亂了，我們這一班造反了，我當不下去了。」

你知道，我們也有不嗆呼的時候，也有心情落在谷底的焦慮。我們有事想到輔導老師之前，總先找到你。在浴鳳池畔、龍柏大道和望天坡的草坪，你和我們分擔「紅姑娘」的事、解讀神祕闖入的電子情書、設計「數學癌細胞」的療程、破除爸媽分合的恐懼。你的凝神傾聽，讓我們不怕「登記有案」；你的分擔排解，我們不怕給「貼上標籤」。

你是我們班的女兒牆，是一面可讓我們倚靠、傾吐以及眺望明日的美好牆垣，不高也不矮，正好合適我們親近。你罵我們的「小家子氣」，若包含不懂得體貼人的心意；不懂得設想別人也有難處，那麼，我們的確是。我們總忘了你只有十五歲，十五歲的女兒牆也需要別人扶持。

在女兒牆前，請停住。

聽說，每個初戀都是風火熱烈的，聽說它以真誠為柴薪；以忽起忽落的得與失為風鼓，它的怡人歡欣和灼人痛楚，世間少有人能全身而退。而青春兒女都要勇往直前，在那熱烈風火歷經一回，給笑過、哭過才能成長。

見過那位便利商店店長的人，都會承認他是個努力、風趣、有魅力的男子。僅憑他能成為你初戀的託寄，這人必然擁有許多優點。

或許有人認為，十五歲的女孩哪來風火熱烈的感情？那只是他們善忘，或他們不懂。他們遺忘了自己的十五歲花季，他們在漸老的年華中，不再懂得十五歲的燦爛，也可以是人生最美麗的風景。

二下的春季運動，你帶領我們去那便利商店採購礦泉水和剛出爐的熱麵包，店長大哥堅持親自為我們送貨。

我們四個人和那三箱冰涼礦泉水和一烤盤酥熱麵包擠在貨車上，真是冷熱夾攻。

當店長大哥問起余媽的病情，我們竟然才知道她情況嚴重。你在之前，一再請假和功課落後，都因奔走醫院和家裡。那段時日，你對我們班的關切不減，你強打精神，還是我們班最美好的女兒牆，你讓我們不知也不懂分擔你的憂勞。這何苦？苦得讓我們驚駭又不禁氣憤！

我們在冷熱夾攻的貨車上，越想越惱煩。阿綿破口大罵：「你怎麼這樣，有事都不說！你把我們都看成忘恩負義的傢伙；看成只會受人照顧的軟腳蝦嗎？女強人不是這樣當的，你知道嗎？你根本沒把我們放在眼裡，讓我們幫一點忙都不肯，那我們算什麼？」阿綿不顧一烤盤酥熱麵包在前，罵得口沫橫飛，她氣哭了，居然說：「要是以後你有三長兩短，你不說，我們怎知道，怎過去幫你？」

該死的烏鴉阿綿！

那天，你坐在駕駛座旁，沒應答。我看見店長大哥騰出一隻手，拍了拍你的手掌背。你翻過掌心，想去握住，卻握了一個空。店長大哥收回手掌，掌握駕駛盤，繼續向他的路前行。

余媽去世前一年，店長大哥對你的關懷，是否讓便利商店成為你在醫院、家和學校奔走的一處溫馨小站？在那裡，你攤開了心中最柔軟的角落。聽說，萌發的愛也可來自同情和關懷，因它和體貼及愛慕的形貌是如此相近，而且更能打動傷悲與疲憊的心。愛與同情升起的彩虹，可以跨越年齡的牆垣，可以模糊種種的界限，是這樣嗎？所以那位年長我們十二歲又有妻兒的店長大哥，也會成為你初戀的對象。

思寧，除了起飛和墜落，你還有別的選擇。

那次，你幫我解讀那封神祕闖入的電子情書，你說：「除了回信聯繫和拒絕，你還有別的選擇，比方讓自己冷靜下來，想一想。有時等待和觀察也是一種好辦法呢。」

那是我生平的第一封情書，說不定是個好緣分。不理不睬的不給回音，會不會讓機會變為遺憾？

「好緣分應當禁得起時間考驗，就算不能成全，也不會留下遺憾，有的只是懷念……」你說：「有人以為情感的問題屬於是非題，其實，我們可以把它改為選擇題，變成三選一、五選一或十選一。」

那封透露著淡淡愛意的情書，來得無徵兆，去得無音訊，我一給它「冷靜」，竟成了一樁無頭公案，它留下的是遺憾，還是懷念呢？我們仍然不懂。

但我們絕對明白，女兒牆上的飛翔，留下的只有痛苦和永難彌補的遺憾。這樣的生命消失，不是正常的花季凋落，你如果放棄了其它選擇，用毀滅來證明存在，我們對你的懷念，也將在這痛苦的最底層給壓得不見蹤影。

我們不願這樣。

你向來是我們這一班最美好的女兒牆，我們也願成為你倚靠的女兒牆。阿綿也來了，她說：「你不能飛，我還沒見到我未來的乾兒子呢，你怎可以穿著睡衣就這樣飛。班長，我命令你馬上給我下來！」

這回，阿綿說得半句也沒錯。

十五歲的我們，不懂得所有的愛是可替代或不可替代；但我們知道，生命是無可替代的，唯有活著，生命才有希望。

思寧，請留步。

雖然是班長，你聽到阿綿的呼喚；你也聽了阿綿的命令。

國中畢業，你離開勾起傷心回憶的家鄉，去了美國……

南方澳號花燈船

南方澳的少年正雄

尋人啟事

姓名：姓不詳，名正雄

年齡：十六歲

性別：男

特徵：健壯，黝黑，自然咖啡髮色，聲音宏亮，雙手靈巧，笑口常開，門牙整齊。

分手時間及地點：一九九八年，臺北燈會中正紀念堂會場。

當我走遍你說的「小小的南方澳」，才知道南方澳並不小。比起和它緊鄰的蘇澳港，南方澳的港不闊、水不深；但它畢竟不是個小漁村。這裡船帆眾多、商家熱鬧，漁夫和遊人在碼頭往往來來，老人和孩子在迷宮一樣的巷道補網或跑跳，他們的生猛活力無關年歲。那些來自海洋的漁獲，不知何方吹起的風，南方澳空氣中無處不飄浮著魚鮮味，你生長的「小小的南方澳」，比你的描述大得太多了。

當我走遍南方澳，才知道你開了一個大玩笑，你說：「找我很簡單：在南方澳南天宮媽祖廟下車，隨便找個人問：『少年仔正雄住哪裡？』人家就會告訴你，遇到比較好心的人，還會幫你帶路。」

我上當了！

媽祖廟口賣芋頭米糕的老闆娘說：「正雄？南方澳的正雄有一卡車，你找的正雄是抓魚的、賣魚的、開海產店的，還是大陸客？哦！這少年會做燈籠、會畫圖，我們南方澳何時出這款人才？」

碼頭邊公共汽車售票亭的小姐，湊在神祕窗口說：「什麼時代了，還有這種找人法？這個大名鼎鼎的正雄連個電話、住址也不留，他以為自己像媽祖那麼出名，他家像媽祖廟那麼好找？」

她在神祕窗口內忍不住爆笑：「看來，你只好去問媽祖，問祂這個『膨風正雄』的仙蹤何在。先問粉面媽祖，再問黑面媽祖，要是頂樓的金面媽祖也說不知道，那你就去遊港吃海鮮。我們南方澳的海鮮店，好找。」

「神祕小姐」說你是「膨風正雄」，我聽了也笑起來，她說得很傳神、很可愛，我不認為她有太多的嘲諷意味。這「膨風」有誇張、驕傲、以我為尊、信心超過實力的意思；但它不就是少年特色之一嗎？比起自我看輕的少年畏畏縮縮、進三步退兩步的猶豫不定，像你這種以虛張聲勢來鼓舞膽識，以自以為是來培養實力的少年，只要把握住該有的實力和膽識，誰說這不是可以容忍的可愛？

元宵節的晚上，我們在臺北燈會的會場相識。

「小小的南方澳」的花燈展示區，布置成一艘船，一艘光鮮的漁船。船舷垂掛一長串鞭炮，甲板擺放了旗魚燈籠、鯊魚燈籠、八爪章魚燈籠、紅目鰱魚燈籠，這是一艘滿載而歸的漁船，船頭的長嘴平臺卻又站了一個作勢鏢魚的漁人燈籠，彷如正在乘風破浪，獵捕魚群。

你抓著一把細竹片，在船舷下招呼看花燈的遊客：「來哦，來哦！來看南方澳漁船，」

又鼓勵那些停步的觀眾：「不要怕，你可以再靠近一點，看詳細。我們的花燈沒外包給廣告公司，都是我們自己做的，不信，我可以當場做給你看。」

你打拳賣膏藥似的吆喝觀眾，還加現場表演的招徠圍觀，你是夠賣力了。在環繞中正紀念堂圍牆的幾百個花燈區，找不到一個比你更熱火、更盡責的花燈解說員。

聳立在廣場的「飛虎主題燈」，二十幾米高，原地旋轉，雙眼放出雷射光，雙翅搧動，彷彿要騰空飛去。這隻猛虎夠搶眼，它裝了閃光、雷射光和電動輪盤，其它小花燈，跟它沒得比。雖然如此，它們的閃爍燈光儘管花稍，轉動的花燈栩栩如生，變化畢竟有限，看久了，也覺得呆板。你卻不讓「南方澳漁船」給比下去，原該「征服四海」的船隻文風不動，不等於擱淺？船隻擱淺就完了，所以你著急，索性將船舷垂掛的長串鞭炮點放。

這下好了，劈里啪啦一陣炸響，吸引了目光，卻嚇跑圍觀的人，他們不知你何時又要放炮，不敢靠近。不久，有個配掛某單位胸章的人急忙趕來：「協調會上已說過，不能放鞭炮，你們是怎麼回事！」

你居然回說：「南方澳的新船要出航，都會放鞭炮，熱鬧一點也不行？」

「當然不行，這裡是臺北燈會，不是南方澳。你快把炮屑掃一掃，小心環保局來取締你，開罰單。」

「他開我罰單，我就送他一條紅目鰱魚燈籠，怎麼樣？」

離家在外，展示才藝，不就是出來結交各地的好男好女？你還敢跟人家「怎麼樣」的大小聲。

你大概沒料到，平白挨了一頓訓，竟又招徠一群「同情弱者」的觀眾。你火速清掃炮屑，以具體行動保證不會再放炮，讓他們放心。你搬了圓凳坐在「南方澳號」花燈船的船舷下，隨即編紮起紅目鰱魚燈籠，你的雙手靈巧有力，動作熟練流暢，最資深的燈籠師傅也不過如此。

你展示一手好功夫，不忘介紹「南方澳號」花燈船的構造如何牢固；不忘推薦甲板上的旗魚、鯊魚和八爪章魚的肉質如何鮮美，彷彿牠們不是燈籠，而是一艘如假包換的漁船，和「不青鮮，可退貨」的生猛海鮮。

「鐵達尼號會沉，這艘南方澳號不會！」你說：「看過花燈，下次就到我們南方澳來玩。我們小小的南方澳，有很多東西可以看、可以玩、可以吃。不信？你就來。」

你像南方澳的觀光特派員、港邊里里長或什麼民意代表，在編紮一隻隻紅目鰱魚燈籠的同時，一併口頭導覽南方澳的媽祖廟、海產店、漁貨拍賣市場、豆腐岬風景區、在海灘邊你的母校南安國中，還有聳然橫跨在南方澳港口的大橋。

「南方澳大橋沒舊金山大橋那麼長，不過比它好看，有一天，我一定要把它裝飾成一條大鯨魚，到時候就更有拚了，至少拚得過今年燈會的飛虎主題燈，真的！」

我以為看花燈的臺北人對股票、服飾、鑽石和房地產的興趣高一些，沒想到你滿口漁船、漁市和「南方澳大橋上裝飾一條大鯨魚」的話題，也逗得大家開心極了。

「來我們南方澳，你們會聞到一種味道，不能嫌『臭腥』，要說

『青鮮』，漁船有青鮮味，表示豐收，才是自然的。」

你就在這時廣發口頭邀請函：「找我很簡單，在南方澳南天宮媽祖廟下車，隨便找個人問：『少年仔正雄住哪裡？』，人家就會告訴你。」

我不是第一個因你口頭邀請來訪南方澳的花燈客，大概也不會是最後一個聽售票亭的「神祕小姐」指示去問媽祖的人。

上當的感覺其實更像聽過一個誇張的笑話，惱火的人未免太缺乏幽默感。我走在殷勤招喚的海產街；走在青鮮味主要的漁貨拍賣市場，我再三向人詢問：「少年仔正雄住哪裡？」為的是讓這個笑話延伸，延伸成我走訪南方澳的心靈風景。

站在橫跨南方澳港口的大橋上，沒遮攔的海風就這麼去而復返，颳得人只能扶欄而行。

南方澳少年的口氣都像你那麼大，都像南方澳大橋上的海風這麼誇張嗎？這座拱橋還未裝上你許諾的大鯨魚模型，已夠好看了。我覺得你對這座橋的形容很實在，甚至還謙遜了些，它的色彩鮮麗、弧線優美而陽剛，連同橋下往來的近海漁船、遠洋鐵殼輪以及岸邊的高聳礁巖，舊金山大橋比它碩大頎長，卻不免單調了些。

南天宮媽祖廟既是南方澳第一大廟，我當然得去參拜，以一個旅人的身分向在地神明報到請安；而且，也順便問問：「少年仔正雄住哪裡？」

一百多公斤純金打造的金面媽祖，身價誇張了些；但祂的慈眉善目和令人寬慰的微笑，卻和祂亮晃晃的金身無關。祂對我的詢問，想必如同對待萬千信眾的祈求，一逕是這樣「天下本無事」的沉默，回報一個令人心神靜定的微笑。佛在心中，路在眼中，事在手中，人在想念中。

走遍「小小的南方澳」，我才知道這是一個充滿生命力且風格獨具的港岸。這次到南方澳來尋找你，真正想看的，應當是「少年正雄生長的地方」，未必是「少年正雄這個人」，想知道的是：你生長所在的人事地物，生活的底層以什麼樣態的實在來支持生活？

假若，能夠真正找尋到你，我想問的是：在誇張的比高、比大的年代，除此之外你還有什麼技能鼓舞膽識？在性格養成的年代，除了唯我獨尊你還培養了多少實力？

對於這則不嫌麻煩的尋人啟事，你在容忍之餘，也會覺得可愛嗎？

驚魂公車

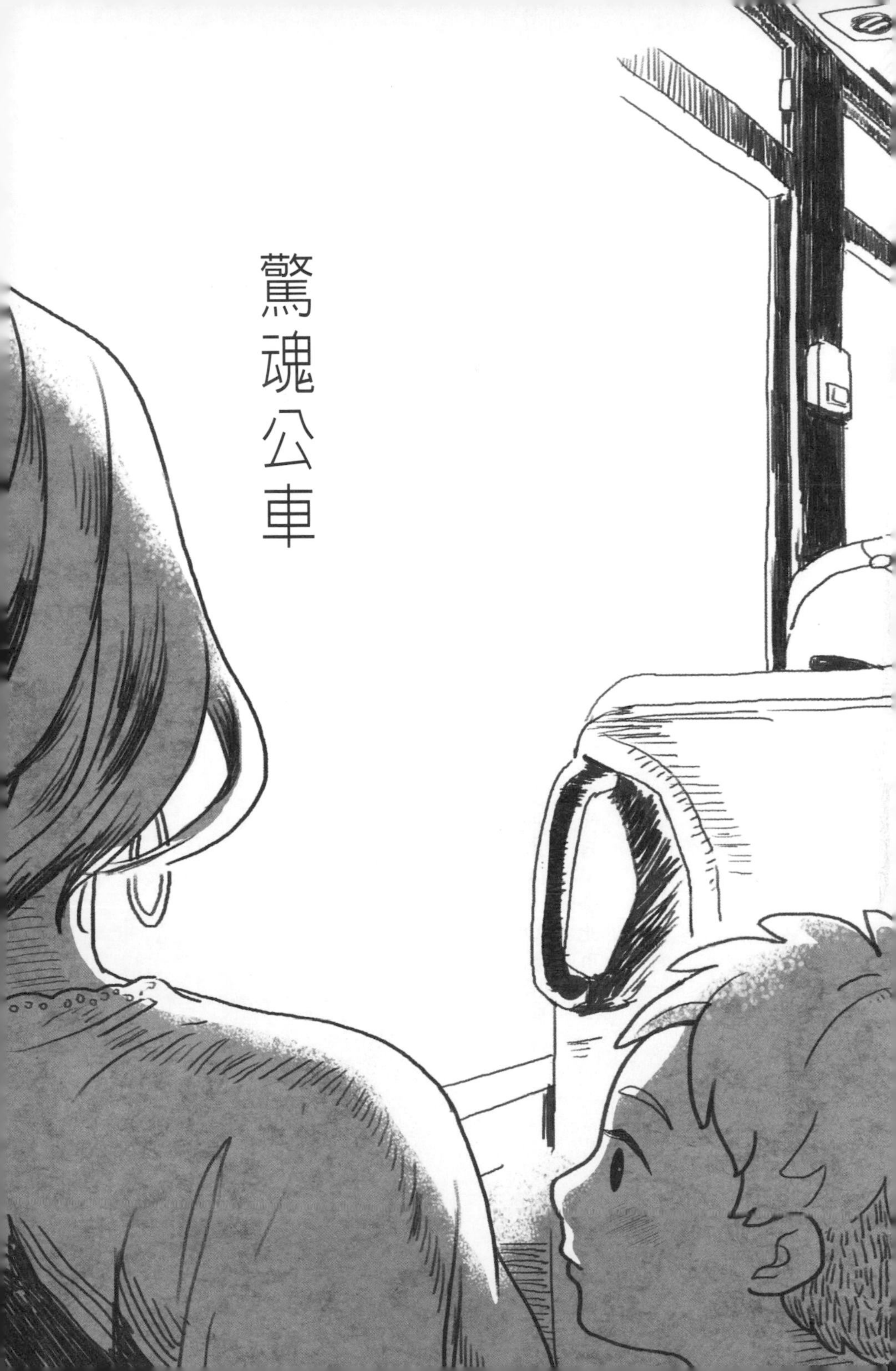

尋人啟事

姓名：洪文秀

年齡：十二歲

性別：女

特徵：正義感強烈，善於表演，喜歡照顧人，口齒清晰。

分手時間及地點：一九九七年五月二十日，臺北市區。

那天清早，我在五路公車的起站上車。一如往常，六點三十五分準時發車的這班車，搭載的乘客，不外是趕早到醫院掛號兼閒聊的老人，睡眼惺忪越區就讀的小學生，和帶著大包小包趕赴臺北車站的旅人，還有就像我準八點打卡的標準上班族。

同搭這班車的一群乘客，同一輛公車和司機，以及完全一樣的行駛路線，要是有誰能在這些熟面孔和情境裡，找出新話題，這個人不是作家就是記者；只有他們才能推陳出新，化平凡為神奇。可惜他們多半不是「早起的鳥兒」，我們這班公車沒這款人，所以大家多半閉目養神，趁機補眠。

那天早上，我喝了老媽新學的自製優酪乳，被迫喝下整整兩大碗酸得渾身發軟又眼光晶亮的實驗品，我幾次試圖在車上打盹，都沒圓滿如意。因此，很清楚的看見，那個要所有乘客都叫他「能拚大哥」的三刀大王，看他從哪站上車，及挾持我們為人質的完整實況，以及洪小妹和洪小弟，如何策畫「早起鳥兒祕密武器」的全部過程。

現在的這則尋人啟事，用意是要表達我對你們姊弟倆的敬佩，並且也以第一見證人的身分，公布那場公車驚魂記最大的一條漏網新聞，也就是讓情節轉向的最重要關鍵，公諸於世。

高瘦的中年男子，頂著一頭晨起的亂髮，一身綴黃T恤和灰藍休閒褲，手抓一個形狀怪異的牛皮紙袋上車。他毫不猶豫的在司機背後的博愛座就位，牛皮紙袋輕敲博愛座扶手欄杆，居然發出輕脆的金屬聲，而且隱約有節奏韻律。

一車的二十幾位老少男女乘客半睡半醒，找尋敲擊樂的來源，中年男子索性敲擊得更響亮，以便大家確認。這時，洪小妹說話了：「坐車要保持安靜，誰這麼吵？」

你和小弟同坐我的前排，也就是最末的第二排座位，你的聲音不大，但我聽得很清楚。（第二天的早報，刊登了你和小弟的「相互扶持」特寫側照，新聞稿透露了你的姓名和就讀學校，這原本有點不應該；但最不應該的是：那記者只強調你照顧小弟，隻字未提你對付「能拚大哥」的祕密武器。）

中年男子站在車前方，也聽見了，他敲了一響聲，問說：「這車上也有環保局的人嗎？這車上也有訓導主任嗎？這車上還有比我大的人嗎？是誰在後面大小聲？」

五路公車靜悄悄，老弱婦孺沒一個敢回答，我，這個疑似帥哥的青年也是。

公車急衝滑行，即將停靠農會站。中年男子起立，用他的牛皮紙袋重擊吊環欄杆，說：「不准再上客了，這班車改為直達車！」

他命令公車司機（腰圍可觀的胖哥）說：「你給我直直開，開去臺灣電視公司找新聞主播戴忠仁，我有話跟他說。」

「你要去臺視公司？這路車不到那裡，你為什麼不叫一部計程車快一點？」

胖哥司機將公車緩緩靠站，嗤的一聲打開車門：「大哥，清早不要開玩笑，好不好？」

「我開玩笑？這傢伙不開玩笑！」中年男子一把撕掉牛皮紙袋，抽出三把刀，他像廚房用具直銷員的將亮閃閃的菜刀、多功能水果刀、和用途不明的長形鋼刀亮出來，亮給胖哥司機和公車乘客欣賞，「我喜歡坐大車，高興有人陪著，你管得著？你給我開。」

車門嗤一聲又關上，險險夾到一隻想先登的捷足，車外有人叫罵：「過站不停，過站不停，什麼公車，我記你車牌！」

胖哥司機猛踩油門，我們的驚魂公車就這樣正式上路，做我們臺北市區半日遊的意外旅程。

「大家給我乖乖坐好，別動歪腦筋。首先，我自我介紹，有緣千里來相會，百年修得同車坐。不分年齡、性別、身分，大家可以叫我『能拚大哥』，就是愛拚才會贏的拚，我的興趣就是拋頭顱、灑熱血的革命，不是遵命。誰敢不聽話，我會怎麼樣？對，就是拚了命革他的命。」

我確定這五路公車的乘客，沒一個再半夢半醒，這時全像我喝了自製優酪乳給酸得雙眼晶亮，相互掃射。

坐我右前靠走道的婦人，這時彈開皮包。她直視前方，卻神準的掏出一只手機。我看她開機，肉肉的手指在按鍵摸索，我看她找到

1，連按兩次，又繼續摸索。我若沒猜錯，她應當在找0。

這是什麼牌子的手機，按個鍵也能發出聲音？這是哪一家出廠的公車，車內的靜肅感怎會這麼好？胖哥司機也不會趁機按個喇叭？那個沒事咳嗽的老先生怎又不咳了？反正，「能拚大哥」三刀大王大步邁過來，「你的配備倒齊全，誰准你打『大哥大』？」

「跟公司請假，」婦人嚇得滑掉手機，「能拚大哥」三刀大王傾身撿拾，菜刀背碰著婦人肥肥的指頭，她觸電似的抽回，說：「你可以自由使用，昨晚才充過電的。」

我要是趁他傾身低頭撿手機時，狠踹他一腳，踹得他抱頭灑血，事情就了結了，第二天早報三版頭條新聞的英雄主角就換了人。該死，我什麼都沒做，眼睜睜看著他沒收手機，從容轉身，趕鴨子似的將所有「百年修得同車坐」的乘客，趕到車後的臨時集中營相會，看他坐回博愛座，不嫌忙的一會兒拿菜刀，一手打查號臺；一會兒換長形鋼刀，還得分神和胖哥司機對談。

「戴忠仁是你朋友？能拚大哥。」

「陳進興都可以認識他，我為什麼不可以？我有話要說，我受到迫害，我要找他做實況轉播。」

「他是晚間新聞主播對不對？大清早，沒上班啦。你要不要另外選個時間，我開專車送你去。」

「他的實況轉播從天黑播到天亮，什麼沒上班？你懂不懂？我就是要他比照那個綁匪在南非大使官邸的狀況辦理，讓全國軍民同胞聽到我的心聲。為什麼每次經過十字路口，警察都會多看我一眼？為什麼我家的電話常有雜音？為什麼有不明人士在對街巷口出現？這要給我一個交代。為什麼我的摩托車被推倒？我家的報紙常不見？為什麼搬家廣告貼成那種樣子，那是一種特殊記號，以為我不懂？為什麼我最好的朋友也有同樣問題？我們合唱〈大地一聲雷〉為什麼樓上、樓下都有意見？人民有免於恐懼的自由！今天我一定要找回公道，給它來個『大地一聲雷』。」

洪小妹輕聲說：「你這樣對待我們，害我們遲到，我們就沒有免於恐懼、免於遲到的自由嗎？」

「能拚大哥」愣了半晌，「我是不得已的，我向大家說對不起。你們只要不亂動，我保證大家沒事，要是誰輕舉妄動，情況失控，那就真的對不起了。」

洪小弟又說：「就是嘛，故意害我們遲到，說對不起有什麼用？你的摩托車又不是我們推倒的，你要到電視公司找戴叔叔，自己去就好了，這麼多人陪幹麼？」

咳嗽老人終於咳一聲：「小孩子少說兩句。」

小弟又說：「老師說博愛座是給老人和小孩坐的，你怎麼可以坐？我早上喝了兩大碗豆漿你知道嗎……」

洪小妹也說：「我也是。」

跟你們擠在一張座椅的行動電話婦人急了：「你們姊弟怎麼回事，誰管你家早餐喝什麼？你們少惹。」

五路公車行經公園路。那座醜醜的公園忽然變得亮麗，那些矮籬、瘦樹和小花、小草，看來還挺順眼，連那些傻乎乎跑個不停的慢跑人，和打拳做早操的老先生、老太太，這回看來，也不太傻、不太無聊。

我好想下車。

你們姊弟的聲音，激發了「能拚大哥」的「早餐內容民意調查」靈感，問：「今天早餐喝過豆漿的人舉手。好，五票。喝果汁的？三票。喝牛奶的？加麥片的也算，四票。喝稀飯的？四票。」

他特別問我：「你喝自製優酪乳？那就算牛奶類嘛，喝牛奶改為五票。其他人怎麼了，不吃不喝？早餐很重要的，最好吃一點，但別喝太多。」

「能拚大哥，我喝太多豆漿了，想尿尿。」你小弟舉手發言。

「出門前，為什麼不尿？我說不准，給我憋著，」他指明手機婦人：「大哥大拿去，你負責對外通訊，你想報警是吧？現在給我報，說詳細一點。再打給臺視公司，還有飛碟電臺。你不會找查號臺問？現在就打。」

「能拚大哥」以他的三刀敲擊車內所有鐵器，像打擊樂團的首席樂手，試驗它們的音調，又像遠足的帶隊老師，教大家合唱〈大地一聲雷〉。

這首歌不難聽，「能拚大哥」的教唱也精神，可惜我們太緊張，嗓門不開，唱得荒腔走板。他極不滿意，三刀伴奏敲得響亮，乾脆大喝一聲，來個自彈自唱的〈大地一聲雷〉完整版。

演唱完畢，「能拚大哥」問我們：「怎麼樣？」

什麼「怎麼樣」？

幸虧洪小妹領銜鼓掌，我們總算懂了。

洪小妹說：「你想唱歌給人聽，為什麼不上電視臺、廣播電臺？」

「沒錯，他們迫害我，不給我上，他們看不起我。」

「你可以用大哥大打去電臺唱一唱，愛怎麼唱就怎麼唱。先放我們下車尿尿。」

「不行，你們是基本聽眾，先給我來點掌聲，用力一點，有誠意一點。」

五路公車經過永和路，在中正橋頭被一隊警察攔住。沒想到我們臺北的警察效率這麼高，接獲報案不到三分鐘，就有了行動。最讓人佩服的是，一部電視轉播車居然跟我們並肩同行，車窗內一架攝影機探出來，還有一個手抓麥克風說個不停的記者（看了第二天早報，我才知道這完全是湊巧的獨家新聞）。

「能拚大哥」一把抓住洪小妹，挨著車窗，對車外大喊：「攔什麼攔，統統給我讓路，」那把多功能水果刀架在洪小妹喉頭閃閃發光。橋下的河濱公園有人舞劍，也是閃閃發光，「有種的上來聽我唱歌！」

荷槍實彈的警察不想聽歌，他們聽對講機，把我們的公車給放了。

車過中正橋，轉重慶南路、寧波西街，再轉南昌路。手機婦人回報：「臺視的戴忠仁還沒上班，問你要不要接見晨間新聞主播？」

「可惡，給我接飛碟電臺，找趙大哥。他是我們的偶像，最正牌的、最不會耍花招、最不會胡說八道的政治家，做人做事最有始有終的革命家，說我有重大事情告訴他，不見不散。」

胖哥司機：「電臺在羅斯福路，剛過去。」

「你不會回頭？你這方向盤是固定的嗎？你們公車司機都像你這死腦筋？嗯？」

咳嗽老人說了：「我的公保中心快到了，先放我下去，你愛去哪兒再去。」

洪小妹啞著嗓子仍奮力說：「我跟我弟一樣，早餐都被媽強迫喝了兩大碗豆漿，而且是永和的。」

「少騙我，你們平常坐車也這麼憋不住嗎？」

「今天不一樣，以前沒人在車上這樣，這樣一大早唱〈大地一聲雷〉給我們聽。」

洪小弟說：「你放開我姊，要不然她會吐出來。我跟你說過，我的尿很急了。」

洪小妹果真發嘔，嘔得兩眼翻白。

「能拚大哥」趕緊放人，罵說：「你們這些人怎麼回事，能不能有點水準、有點耐性？小不忍則亂大謀，你們知道嗎？」

洪小妹嘔嘔出聲，抱著肚子回到我們車後的臨時集中營。像我這樣一個年輕力壯的疑似帥哥，平常看那麼多警匪槍戰錄影帶，真遇上狀況，想不出法子，使不上力，更糟糕的是，灌了一肚子的自製優酪乳隱隱作怪，小腹的壓力增強，不時還咕嚕嚕叫。

後座的兩位老先生請求：「我們上年紀的人就是這個禁不起。你先找個地方讓我們下去『解放』，回頭再聽你唱歌。」

「你們想開溜是不？沒這麼簡單！」「能拚大哥」揮舞三刀，擋住車門，指使司機開去刑事警察局。他要當面唱一首〈大地一聲雷〉給侯大隊長聽，另外還要唱給他敬愛的趙老大、郝五哥聽，祝福他們身體健康、升官發財。

我們從沒搭過三小時的長途公車，一早憋這麼久的尿。當我們的「驚魂公車」脫線行駛繞遊臺北，終於停在一個被武裝警察包圍，被幾十把衝鋒槍瞄準的空地。

洪小弟說：「我快忍不住了，我要尿在車上了。」

「能拚大哥」額頭冒汗，很氣惱：「都是你們一直說要尿尿，害我也快憋不住。你們不好好唱歌、聽歌，又這樣害我，怎沒人跟我說對不起？」

這時，那位美美的歐巴桑朝車窗外，喊了那聲：「不要開槍」。電視臺的攝影機收錄到了這段畫面和聲音；但是沒收錄到洪小妹最具影響力的一句話：「好啦，我們統統下去小便吧！」

大老遠趕來聽歌的侯大隊長，和被點名召見的趙老大和郝五哥，順利接走了「能拚大哥」三刀大王。

在場的各傳播媒體記者遞上麥克風，希望「能拚大哥」演唱一段主題曲，可惜氣氛不太對，「能拚大哥」被繳了械，可能膀胱憋得太緊張，他放棄了公開演唱的好機會，連他受迫的表白也沒能說清楚。

我們能平安獲釋，在刑事警察局內暢快「解放」，所有上學、上班、買菜和看病的難友們，能繞一大圈又繼續向原定目標挺進，最該感謝的是洪小妹和洪小弟研發出來的祕密武器。

那天中午，我們在兩百多名武裝警察包圍下，從電視新聞記者的疲勞轟炸後脫困，匆匆分手，我們真沒禮貌，忘了以熱烈掌聲和最標準的舉手禮，向洪小妹你致敬。

尤其是我，看來有為的青年一個，居然沒發揮半點作用，連對車窗外舉槍瞄準的警察大吼一聲：「不要開槍！」也被那位美美的歐巴桑給「喊走」了。

人家說「早起的鳥兒有蟲吃」，我好像就是那被鳥兒吃的蟲兒，逃離脫險後，偏偏還有幾點疑問：〈大地一聲雷〉這麼好聽的歌，和挾持無辜民眾的革命行動有什麼關聯呢？「能拚大哥」請回答。

你洪小妹和洪小弟真的憋不住嗎？還是只是一場精湛的演出呢？向你們再度致敬，並請在受驚嚇的爸媽同意你們搭公車後，悄悄答覆。

電擊棒和滅火器

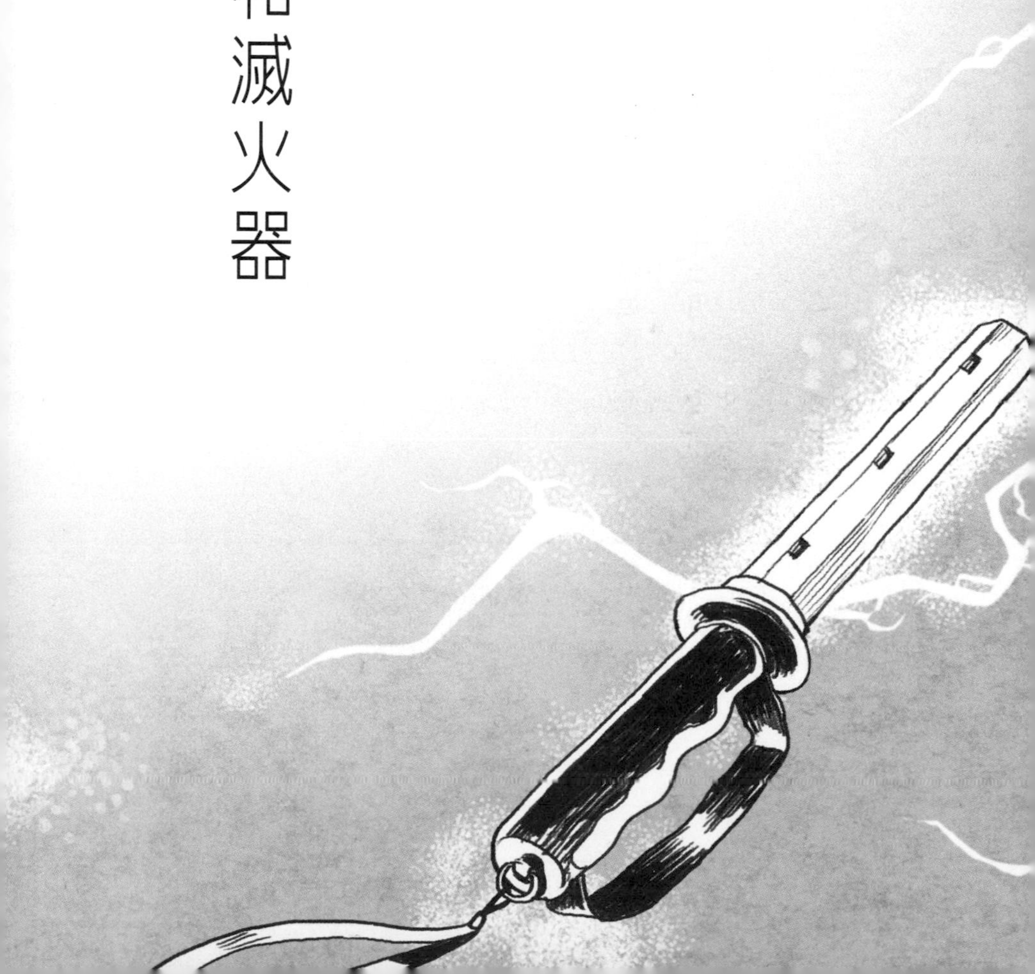

尋人啟事

姓名：林斌

年齡：十四歲

性別：男

特徵：高大胖壯，精神飽滿，小眼但眼神靈活，愛說笑。

分手時間及地點：一九九八年十二月，上海大木橋。

警衛隊王大隊長送來一把二二〇伏特電擊棒，另配一只手提式泡沫滅火器，親自示範指導。

他說：「要是那個男人帶刀來，咱們就把電擊棒抓緊。他闖門，別等他出手，先放一次電讓他瞧瞧；要是他提汽油來，滅火器就要備便啦，只要一灑油，別等他點火，泡沫先給它噴下去，連人帶油一齊噴，以防他自焚。」

你問：「要是他一手持刀；一手提汽油，咱們怎忙得過來？」

「他這麼能幹？」王大隊長睜眼，大聲說：「沒事！團結力量大，忙不過來也得忙。這樣好了，我再幫你們申請一個警報器，直通警衛隊，狀況危急就給它撳下去。我說這電擊棒特厲害，新開發的高科技產品，上回試用，我親眼看它擊昏一頭大水牛。」

「使用要點是：一、雙手得乾燥，避免漏電。二、千萬要握緊，別讓歹徒給搶走，不幸碰上這狀況，撳鈴，跑人。另加個重點是：多多練習，熟能生巧。」

你將這把中日合資製造的電擊棒皮環環繞了兩圈，套在手腕，握緊棒柄，擺弓箭步，一手叉腰，棒頭朝大門外平伸，分明是西洋劍的高手形象。

你爸媽的表現顯然遜色多了，他們沒能好好使弄，反給電擊棒擺布得滿頭大汗。

老媽高舉棍棒，向著天花板，學自由女神；但直喊沉。老爸的學習稍好，屈膝比畫了兩下，詳細研究這電擊棒構造；但問題多，口水多過茶，「這放得了幾次電？說明書也說得不明不白。」

他居然問：「對方要是有心臟病，這電擊棒會要人命，這麼放電合適嗎？」

你想到電擊棒可能漏電，手汗冒得更凶，你想：這麼水淋淋的握棒，對方沒事，自己先觸電倒地，像話嗎？

於是，你找來一條紅領巾，綁在棒柄好吸汗；這一綁，又老覺得滑手，握不緊。你惱火了，說：「這特大號問題，非要澈底解決不成，呃，傷腦筋！」

這檔事鬧到這地步，其實，問題的起因不算太複雜。

嚴格來看，起因和你沒太直接關係。只因你是大木橋林家唯一的少年壯丁，你直探一米七五的身高，和上個月突破八十公斤的體重，創造了林家子弟百年來的新紀錄。更重要的是：身為林家一份子，而且是有希望一代的自覺，讓你產生命運共同體的強烈意識。

所以，你用心盡力介入這水深火熱的事變，熱烈參與這像電光石火的捍衛演習，並在完整過程中，取得要角的地位。

你說：「阿拉至少是個重要關係人。」

完全正確。那個每逢佳節便來你家大門耍刀、舞棍，外加恐嚇要潑油點火的人，正是你同班同學唐萍的爸爸。

誰想到這唐叔叔會變成一心要同歸於盡的惡漢？

同學的爸爸化身為你家的不愛好和平的敵人，唐萍和唐媽媽是否成了你的仇家？

中秋節那天，唐叔叔第一次持菜刀來你家叫門，你一時沒認出這個紅眼、滿臉鬍渣、外帶噴酒氣的人，會是往常一臉白淨、形象斯文的唐叔叔。

「姓林的，有種給我出來！你有本事搞得我夫妻都下崗，沒了工資，做不了人，你就有本事挨我一刀。你給我滾出來。你要弄得我家破人亡，自己還敢分這好房，你甭想，門都沒有。你不怕我死，你也甭想活。開門！你沒種開，我澆你汽油……」

叫門連帶罵人，沒一句好聽。他藉酒壯氣，聲音宏亮，驚動了三樓正要出門郊遊的張伯伯一家。

三名公安來帶人時，唐叔叔以流利的詛咒罵過三回合，還學伐木的吳剛在門板狠劈了三刀。他又放了臨別留言：「除非地球消失，我會再來向你們討回公道的。」

你納悶：「什麼時候再來，也不預告時間？」

事情的發生，若被看作意外或幸運，必定存在巧合的成分。

巧不巧，老爸和唐叔叔同在一家南胡工廠，老媽和唐媽媽同在一所中學，他們的部門儘管不同，老爸和老媽恰恰都是前次評鑑委員會的一員；巧不巧，唐叔叔和唐媽媽都被評下崗離職。

最糟的是：在這事默默發生後，唐萍老是遲到，上課心神不寧，為一本數學課本給碰掉地上；為誰說幾句她沒聽清楚的話，也可以和人大吵一架。老師撤換了她的班級幹部，換人做做看，一班三、四十人，誰知一換就換到了你！

這麼多的巧不巧的事集中出現，擺出來的局面是：你們林家從老到少，從裡到外，就是存心整唐家冤枉，一連串的陰謀、陽謀都衝著手無寸鐵的唐家而來。

「看我手無寸鐵，看我唐家沒火氣，整人？」唐叔叔放話：「我就亮鐵，發火給你姓林的看。」

你們的捍衛演習計畫，直到重陽節那天晚上才痛下決心執行，這當然也是唐叔叔神出鬼沒的恐怖演出刺激促成。

唐叔叔的恐嚇、妨害治安都屬未遂，他在公安局蹲兩天，給訓誡一番，便又重現江湖。他只要受冤的念頭一給酒精加溫，隨即就會十分想念你們，忍不住眺望一個方向，大步來報到。就像唐萍，每次聽見班級幹部集合的廣播，她美麗的大眼就會突然變色，迸射出可以讓人失明的眼光，很準確的射中你的小眼，正中你加速跳動的心臟，和勉強可擋一擋的胖壯的背。

老爸和老媽勤練持電擊棒放電，和開滅火器噴灑的成績，始終沒達到王大隊長期勉的熟能生巧；但平心而論，他們的學習精神，絕對可達特優的高分。

你除了手汗問題未能徹底解決，其它的準確、速度、流暢和姿勢，連偶爾來驗收演習成果的王大隊長，也要說：「小斌有天分，將來長大要是想加入鎮暴部隊，我可以當推薦人。」還說有你在，他就放心了，要你沒事多指導老爸和老媽，這也有教學相長的作用。

你說：「我們為什麼要活得這麼困難呢？好好的日子，變成每天早晚耍電擊棒、扛滅火器，還要排陣式、就部位？」

你們不只每天早晚排練捍衛演習，連周末假日也一併安排時段加班練習。老爸每早的太極氣功十八式、老媽的香功健身操自動取消，出門還得探頭探腦，上下班走迂迴路線，陰森的小巷早就不走了，連每晚的電視聯播新聞也看得沒頭沒尾。

「總要面對現實，」老爸說：「有危急就得防衛；有問題就得解決，埋怨是於事無補的。」

「只有這捍衛演習才能解決問題嗎？為什麼不直接找唐叔叔一家來談一談？」

老媽顫危危的高舉電擊棒，說：「這麼壞的人，你還叫他什麼叔叔，他都要取你的命了。找他來談？要是這人還有理智，就不會做這種事。」

「他不來，我們可以去他家談。」你說。

「他鬧得還不夠，你還想讓我們一家送進虎口？這種事不能大意。」

「唐萍的爸媽沒了工作，唐萍又被換下班級幹部，他們一定很痛苦、很難過，愈想愈氣，氣就發在我們家。」你說。

「裁員是單位政策，他們下崗是有原因的，人總要懂得自我檢討，不能全氣在別人頭上。」

「所以解決問題的方法，不會只有一種，要是我們一齊想，一定可以想出不這麼暴力的辦法。」你說。

你終於說動老師，找來唐萍個別談話，讓她訴說這陣子遲到、心神不寧、隨時可以找人吵架的原因，也讓她確實知道被撤換班級幹部的理由。

當唐萍訴說她爸媽下崗離職的痛苦，老師讓你也來對談。唐萍說到她爸媽檢討自己做事不用心，工作不盡力，又沒有培養太多才能，唐萍不禁掩面大哭。

她說：「我有時也是這樣；但我還是生氣，氣自己下不了臺。」

你說：「變化得太突然，誰都會防備不及而生氣。唐叔叔和唐媽媽找到新工作了嗎？」

「自己在找，朋友也幫忙，」唐萍說：「他們的朋友不多，現在更少了。我，我也一樣。」

你說：「我們還是你的朋友。」

你問到了唐叔叔和唐媽媽的朋友是誰，巧不巧，也是老爸和老媽同時認識的兩個人。

老爸說：「我請小鐘當個仲裁人，去把事情談開，問題不大；但我畢竟不能讓小唐回單位復職，這檔事能化解嗎？」

「唐萍也不一定能再當班級幹部；但她知道，她還是我們的好同學，就和其他從沒當過幹部的同學一樣。」

你說：「要是能讓唐叔叔知道事情是怎麼來，他肯真正認識自己，也知道還有路走，有別的工作等他，而且朋友也願意幫助他，這就好了。」

「咱們真得到他家見一面？這可冒險，」老媽說：「辦法是不錯，那電擊棒和滅火器能不帶嗎？」

「王大隊長肯在他家門外守候就行。」

「小斌，你什麼時候長大了？」老媽放下電擊棒，過來摟你，好像非要這麼摟抱，才能確定你的身高和體重都改寫林家子弟百年來的新紀錄；而且點子主張也屬於重量級的。

你渾身發癢，挺害臊；但沒掙脫。你想：老媽是老媽，老媽畢竟不是一般女人，給她這一擁抱，沒吃虧，只是好久沒抱一下，一時不習慣。

據說那一來一往碰上了些疙瘩，你們一家三口仍選了一個假日，去唐家那個虎口拜訪。

你在唐家巷口說：「不入虎穴，焉得虎子。」緊張兮兮的老媽挽著你，要你少說兩句。

這場事關兩家未來戰爭或和平的會談，不管進行得順不順利，你創造這個機會，讓雙方各自表述立場，把心裡的話說個明白，也將對方的意思聽個清楚，總是好的。

在這世界，人們總將好人或壞人的定義縮小成：「對我好的人是好人；對我不好的人是壞人」這看法自私且胡塗。其實，對我好的人是恩人，未必是好人；對我不好的人是冤家，也未必是壞人。好人或壞人要放在更大範圍、用更多時間和更多人的互動，才能判別出來。

唐叔叔一家和你們一家，巧不巧在幾個月內忽然變成了仇家。電擊棒、汽油、打火機和滅火器統統派上用場，公安、警衛隊和街坊鄰居都來軋一腳，恐怕只會火上加油，仇更仇。幸好，你在勤練捍衛演習的百忙之中，想出這個點子，為雙方都開出一條路。

也許，在會談之中，雙方也能為對方未來的生活和工作留一條路。畢竟凶狠抗爭來自圍堵；而和諧來自暢行無阻。

這道理簡明；但思想複雜的大人又往往遺忘了，幸好，你想到了，也促成了。不過，我們還是很想知道，那天會談的結果，令雙方都滿意嗎？這樣吧，換句話問：「你和老爸、老媽還需要早晚耍電擊棒、扛滅火器的捍衛演習嗎？」

平安是福，彼此祝福。

國家圖書館出版品預行編目資料

明日的茄苳老師 / 李潼作. -- 初版. -
臺北市 : 幼獅, 2018.04
面 ;　公分. -- (散文館 ; 32)

ISBN 978-986-449-102-5(平裝)

859.7　　　106023889

・散文館032・
明日的茄苳老師

作　　者＝李潼
繪　　圖＝張靖梅
出 版 者＝幼獅文化事業股份有限公司
發 行 人＝李鍾桂
總 經 理＝王華金
總 編 輯＝林碧琪
主　　編＝沈怡汝
美術編輯＝李祥銘
總 公 司＝10045臺北市重慶南路1段66-1號3樓
電　　話＝(02)2311-2832
傳　　真＝(02)2311-5368
郵政劃撥＝00033368

印　刷＝祥新印刷股份有限公司
定　價＝280元
港　幣＝93元
初　版＝2018.04
二　刷＝2021.07
書　號＝986282

幼獅樂讀網
http://www.youth.com.tw
幼獅購物網
http://shopping.youth.com.tw
e-mail:customer@youth.com.tw

行政院新聞局核准登記證局版臺業字第0143號